BINGO MIT ZORA
Leben mit Autismusbegleithund

CHARLOTTE GÖTZE
KIYA GÖTZE

BINGO MIT ZORA

LEBEN MIT AUTISMUSBEGLEITHUND

Buchfink Verlag

FÜR UNSERE FAMILIE

INHALT

EINSTIEG

1

2

3

ANHANG

ÜBER UNS

CHARLOTTE ist Kiyas Cousine. Politik oder Kunst? Charlotte konnte sich nicht entscheiden und wählte einen Kompromiss: Nach einem Filmstudium in Maastricht mit dem Schwerpunkt Dokumentation und anschließendem Abschluss in Illustration an der HAW Hamburg beschäftigt sie sich heute in ihren Arbeiten gern mit Themen, die sie selbst bewegen und mit denen sie etwas bewegen kann. Charlotte lebt und arbeitet in Hamburg. Sie hat Kiyas Geschichte aufgeschrieben und illustriert.

KIYA ist Autistin und wird seit ein paar Jahren von ihrer Assistenzhündin Zora begleitet. In diesem Buch wird erzählt, wobei Zora ihr im Alltag hilft und wie sie ihre Hündin dazu ausgebildet hat - das hat Kiya nämlich selbst gemacht. Vielleicht gelingt es ihr, jemanden mit ihrer Hundebegeisterung anzustecken und ein wenig über Autismus aufzuklären. Es gibt nämlich immer noch viele Vorurteile.

Ein Hinweis zur Lesbarkeit

In diesem Buch steht ganz schön viel Text. Allein das ist für viele Menschen anstrengend. Um den Lesefluss nicht zu stark zu beeinträchtigen, wurde daher darauf verzichtet, eine geschlechtergerechte Sprache zu verwenden, wenn es um Verallgemeinerungen geht. Stattdessen nutzen wir das traditionelle generische Maskulinum. Selbstverständlich sprechen wir mit diesem Text alle Menschen an.

VORWORT

Als mich Charlotte und Kiya anschrieben und mir von ihrem Buch über Autismus und das Leben mit einem Assistenzhund erzählten, war ich sofort Feuer und Flamme! Ich las das Buch in einem Rutsch durch und war dermaßen berührt von Kiyas Lebensgeschichte, dass ich immer mal wieder innehalten und reflektieren musste.

Über den Struggle bis zur Diagnose, die Probleme mit Schule und Jobcenter, die Herausforderung, den richtigen Berufsweg zu finden und dabei die eigenen Grenzen und Symptome aus dem Spektrum richtig einzuordnen ... das alles kennen wir Autist*innen sehr gut. Als junge Frau hat Kiya außerdem noch mit der berühmten Gender-Gap zu kämpfen (Frauen und Mädchen bekommen viel seltener die ASS-Diagnose).

Kiyas Geschichte zusammen mit Charlottes Illustrationen sind ein ganz besonderes Erlebnis! Innig und nah. Viele Dinge kamen mir bekannt vor und ich hatte sofort Flashbacks in meine eigene Kindheit und Jugend. Ich fühle mit Kiya mit, werde wütend, wenn sie wütend ist, und freue mich mit ihr über ihre tolle Assistenzhündin Zora.

Zora! Wow! Zu erleben, wie Kiya zusammen mit Zora aufblüht, wie die beiden die wilden Abenteuer des Alltags meistern (und dabei auch auf fiese Bösewichte treffen), das alles berührt so sehr! Tiere waren für mich oft der einzige Kontakt als Kind (Menschen sind einfach sehr kompliziert) und ich konnte mir ein Leben ohne sie nie vorstellen. Ich kann so gut nachfühlen, wie wichtig Zora in Kiyas Leben ist, wobei ein Autismusbegleithund natürlich viel mehr leistet als „nur" ein Haustier! Zora ist der wichtige Sidekick, der Kiya durch diese chaotische Welt begleitet und leitet, der sie auffängt und Stabilität gibt. Die beiden sind ein Team – und was für eins!

Danke für deine tolle Geschichte, Kiya! You rock!

Daniela Schreiter alias Fuchskind
www.danielaschreiter.com

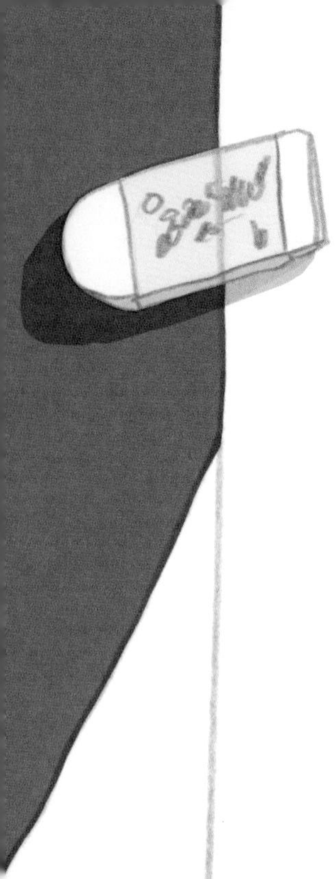

VORWORT

Meine besten Arbeiten waren schon immer die, hinter denen eine persönliche Geschichte steckt. Für dieses Buch musste ich dafür nicht lange suchen. Denn zum Glück ist meine eigene Cousine nicht nur ein sehr interessanter Mensch, sie hatte auch das starke Bedürfnis, ihre Erfahrungen mitzuteilen. Es war perfekt: Sie hatte die Geschichte, aber nicht die richtigen Mittel, sie selbst zu erzählen. Ich hatte die Mittel und brauchte noch eine Geschichte.

Ich habe von Anfang an miterlebt, auf welche Hürden Kiya aufgrund ihres Autismus immer wieder stößt. Oft hat das wenig damit zu tun, ob sie etwas tatsächlich kann oder nicht. Manchmal müsste man sie vielleicht nur einen anderen Weg gehen lassen, damit sie ans gleiche Ziel wie alle anderen kommt. Unsere Gesellschaft könnte so viel mehr Menschen eine tatsächliche Teilhabe ermöglichen – was aber oft an fehlendem Wissen oder fehlender Bereitschaft scheitert. Aufzuklären und Missstände sichtbar zu machen ist ein Weg, Verständnis, Akzeptanz und damit auch Veränderungen zu erreichen.

Es gibt viele Vorurteile gegenüber autistischen Menschen, die wenigsten spiegeln die Realität wider. Meist liegt der Fokus auf den Defiziten, dem, was alles nicht klappt. Auch kommen die Betroffenen in der Regel nicht selbst zu Wort, sondern es wird ausschließlich *über sie* gesprochen. Unser Buch möchte hierzu ein positives, Mut machendes Gegengewicht sein. Ein ehrlicher Erfahrungsbericht, der die Schwierigkeiten nicht beschönigt, aber auch nicht unnötig aufbläst. Das Buch ist in zwei Teile gegliedert: Der erste beleuchtet Kiyas Leben, wie es vor Zora war, der zweite ihr Leben mit ihrer Hündin. Viele von Kiyas Schwierigkeiten wurden durch äußere Rahmenbedingungen verschlimmert, einige ihrer Probleme traten überhaupt erst dadurch auf. Ich finde es bezeichnend, wie schnell und tiefgreifend ein so „einfaches" Hilfsmittel wie ein Hund ihre Lebensqualität verbessert hat.

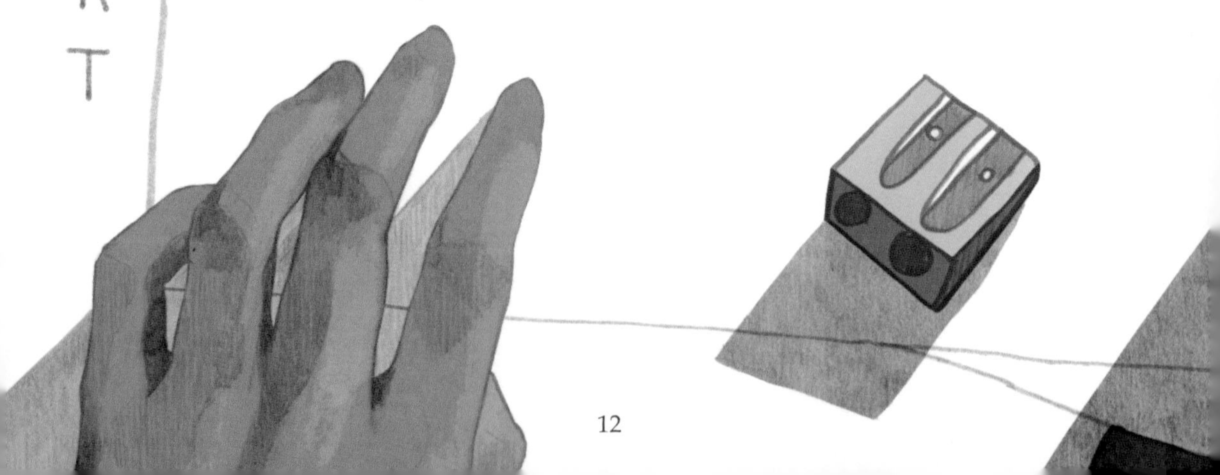

Kiya und ich haben uns beim Arbeiten sehr gut ergänzt. Wir führten lange Interviews, die die Basis des gesamten Textes sind. Es war mir wichtig, dass es nicht auf ein Erzählen über Kiyas Kopf hinweg hinauslaufen würde, sondern dass es ein gemeinschaftliches Projekt ist. Deswegen steht nichts in diesem Buch, was Kiya nicht entweder selbst so gesagt oder was sie nicht danach abgesegnet hat.

An dieser Stelle auch noch ein riesiges Dankeschön an meine Tante, Kiyas Mutter, die mir unermüdlich mit Hintergrundinformationen zur Seite stand und die ich mit zahllosen Detailfragen löcherte!

Die Illustrationen sind reine Interpretationen von mir. Es ging mir nicht primär darum zu zeigen, wie Kiya von anderen wahrgenommen wird, sondern darum, wie sie selbst die Welt sieht. Abbildungen können es den Betrachtenden ermöglichen, auf ganz intuitive Weise den Standpunkt des Erzählenden einzunehmen. Und vielleicht können sich so auch Nicht-Autisten ein klein wenig in Kiya hineinversetzen.

ICH BIN KIYA

… und ein Buch wie dieses war immer mein Wunschprojekt. Ich überlege schon seit Jahren, einen Blog oder einen YouTube-Kanal zu starten, auf dem ich über meinen Autismus und, seitdem Zora da ist, über Assistenzhunde sprechen kann. Ich habe eine Menge Wissen und Erfahrungen gesammelt, die ich weitergeben möchte.

Das Problem war, dass ich nie wusste, wie. Schon die bloße Vorstellung, so ein Projekt allein angehen zu müssen, lähmt mich. Eine große Hemmschwelle ist das Aufs-Papier-Bringen. Selbst schreiben kann ich überhaupt nicht gut. Wenn ich etwas schreiben möchte, geht es oft irgendwo auf dem Weg vom Kopf zur Hand verloren. Die Informationen sind zwar da, aber ich brauche etwas Hilfe, sie festzuhalten. Ich weiß nie, wie ich mich ausdrücken soll, es poltern zu viele Sachen auf einmal in meinem Kopf herum, und dann wird das, was ich schreibe, entweder viel zu lang oder es steht am Ende gar nichts da. Ich kann viel besser mündlich kommunizieren, weil ich da schneller auf den Punkt kommen kann. Bei diesem Projekt konnte ich frei erzählen und hatte nicht den Druck, alles aufschreiben oder in Form bringen zu müssen.

Ich möchte mit diesem Buch anderen Autisten Mut machen, Dinge zu versuchen, die sie sich vielleicht nicht zugetraut hätten. Ich habe mir manchmal gewünscht, ein Vorbild zu haben, mit dem ich mich identifizieren kann. Dann wäre es vielleicht nicht so lange so schwer für mich gewesen, „behindert" und „autistisch" zu sein. Ich möchte zeigen, was alles möglich ist und warum es richtig ist, einen eigenen Weg zu suchen. Ich möchte zeigen, wie ich fast im Alleingang einen Assistenzhund ausgebildet habe (natürlich unter Anleitung einer professionellen Assistenzhundetrainerin), obwohl mir von vielen gesagt wurde, dass das zu viel für mich wird. Und ich möchte zeigen, wie viel besser mein Leben seitdem ist.

Ich möchte mit diesem Buch auch Leute erreichen, die nichts mit Autismus oder Assistenzhunden zu tun haben. Ich musste einen Berg an Hindernissen überwinden, um zu dem Punkt zu kommen, an dem ich heute bin. Viele dieser Hindernisse entstanden durch Unwissenheit und Vorurteile. Je mehr Informationen es gibt, desto besser – zu viele denken immer noch, dass Autisten den ganzen Tag in der Ecke sitzen und vor sich hinschaukeln!

Aber dafür habe ich doch einen Schaukelstuhl …

1. KLACKERN IM KOPF

In meinem Lieblingsbuch *Rico, Oskar und die Tieferschatten* geht es um einen Jungen namens Rico, der sich selbst „tiefbegabt“ nennt. Er ist nicht dumm, aber er kann sich nicht so gut konzentrieren und gerät leicht durcheinander. In seinem Kopf geht es manchmal so zu wie in einer Bingotrommel, in der die Kugeln wild durch die Gegend klackern. So ist es in meinem Gehirn auch. Wenn ich nicht aufpasse, fällt etwas, an das ich gerade denke, einfach wieder zurück, kullert mit den anderen Gedanken herum und ich finde es nicht mehr wieder. Zum Glück habe ich seit ein paar Jahren eine Begleitung an meiner Seite, die Bälle liebt und mir unermüdlich beim Suchen hilft. Seitdem ist deutlich mehr Ordnung in meinem Kopf. Aber das war nicht immer so …

Bei meiner Geburt ging es schon chaotisch los. Offensichtlich wollte ich von Anfang an mein eigenes Ding durchziehen. Weil ich mich im Bauch meiner Mutter nicht in die richtige Richtung drehte, kam ich per Kaiserschnitt zur Welt – ganze sechs Wochen zu früh. Ich war winzig. Zerbrechliche, mit Haut bedeckte Knochen. Mein Kopf war so groß wie eine Orange.

So viel früher geholt zu werden, ist ziemlich hart für so ein kleines Baby. Ich konnte mich nicht auf die Welt vorbereiten wie andere Kinder. Manche Schaltstellen waren noch nicht so verknüpft, wie sie sollten. Ich hätte noch ein bisschen mehr Zeit gebraucht, damit nachher alles reibungsloser zusammenarbeitet. Ich hatte (und habe) viele Schwierigkeiten, die wahrscheinlich auch damit und nicht nur mit meinem Autismus zusammenhängen.

EIN CHAOTISCHER START

Besonders meine motorische Entwicklung war stark verzögert. Einige der frühkindlichen Reflexe sind bei mir geblieben. Das kann unangenehme Folgen haben, zum Beispiel Koordinations- und Gleichgewichtsstörungen, Wahrnehmungsprobleme, Lichtempfindlichkeit oder Überempfindlichkeit auf Geräusche. Ich hatte früher ständig blaue Flecke und überall aufgeschürfte Stellen, weil ich mich, wenn ich hinfiel (was häufig vorkam), nicht automatisch abstützte, sondern stattdessen die Arme seitlich nach hinten riss und dann immer mit dem Gesicht ungebremst auf dem Boden landete.

Grundsätzlich war alles, was mit Feinmotorik, Hand-Augen-Koordination und Balance zu tun hat, für mich sehr schwer. Zum Beispiel Treppensteigen. Ich musste immer bewusst überlegen, welcher Fuß sich zuerst nach unten bewegen soll und welcher Fuß danach. Oder Fahrradfahren. Ich glaube, ich war schon vierzehn oder fünfzehn Jahre alt, als ich gelernt hatte, vom Fahrrad abzusteigen, ohne damit umzufallen.

Es war schnell klar, dass ich irgendwie anders war, doch was genau es war, blieb lange ein großes Fragezeichen. Da meine Mutter keine Gebrauchsanweisung für mich hatte, musste sie sich wohl oder übel Schritt für Schritt vortasten. Ich hatte Glück, dass sie in bestimmten Bereichen ähnlich tickt wie ich und mir meine Erklärungen immer geglaubt hat, so absurd sie sich manchmal für sie auch angehört haben mögen. Viele Eltern von Autisten zweifeln die Wahrnehmung ihrer Kinder leider erst einmal an oder tun sie sogar ganz ab. Selbstverständlich gab es auch bei uns Missverständnisse und viel Herumprobiererei. Grundsätzlich geht ja jeder davon aus, dass die eigene Wahrnehmung normal ist, und meist stößt man erst durch einen Zufall auf Unterschiede.

Als ich acht oder neun Jahre alt war, hat zum ersten Mal jemand vermutet, dass ich Autistin bin. Das konnten wir aber nicht glauben. Ich redete doch immer so viel, ich schaute die Leute beim Sprechen an, zeigte Emotionen und hatte Hobbys und soziale Kontakte. Ich hatte zwar Schwierigkeiten, auch Kommunikationsschwierigkeiten, aber wir dachten, ich wäre halt ein bisschen eigen. Bis auf meine motorische Entwicklung, die stark von der anderer Kinder abwich, waren ein paar Dinge vielleicht ein bisschen doller, aber gar nicht so unnormal.

Wer mag es denn schon, wenn andere ungefragt die eigenen Sachen anfassen oder zu nah an einen herankommen? Mit Autismus verbanden wir damals noch viele Klischees, wie man sie zum Beispiel aus dem Fernsehen kennt, und die trafen eher nicht auf mich zu. Meine Mutter begann trotzdem, sich in das Thema einzulesen – und war dann ziemlich erstaunt, wie viel doch auf mich zutraf.

Meine Ärzte jedoch waren der Ansicht, ich sei ganz normal. Wenn schon eine Störung vorlag, dann eher eine Bindungsstörung oder so. Was Ärzte und Psychologen sahen, war ein Leben, das nicht in ihre Vorstellung einer heilen Welt passte: ein Vater aus Afrika und eine berufstätige alleinerziehende Mutter. Daraus reimten sie sich einen psychosozialen Hintergrund für meine Probleme zusammen. Meist waren es fachfremde Leute, die sich eher auf andere Perspektiven und Möglichkeiten einließen und mir damit oft besser helfen konnten. Zum Beispiel fand ich eine Osteopathin, die mir viele Fragen stellte, sehr empathisch war und mir einfach zuhörte. Sie war eine der wenigen, die sich in meine Perspektive hineinversetzte und rauszukriegen versuchte, wie ich Dinge empfinde und welche Lösungen es geben könnte. Den Ärzten und Psychologen erzählte ich irgendwann nur noch, was sie hören wollten. Wenn ich nicht ernst genommen wurde, hatte ich auch keine Lust mehr mitzuarbeiten.

Ich erinnere mich an eine Psychologin, die mit einer schrecklich weichgespülten Stimme mit mir sprach, als wäre ich dumm und könnte nicht bis drei zählen. Ich nannte sie deswegen heimlich Frau Schnulz. Es gab noch eine andere, die genauso mit mir redete, die taufte ich Frau Sülz. Frau Sülz war sogar Spezialistin für Autismus, erkannte meinen aber trotzdem nicht – was bei autistischen Mädchen übrigens leider sehr häufig vorkommt, weil sich die Symptome oft anders ausgeprägt zeigen als bei Jungs. In dem Gutachten, das Frau Sülz mir am Ende der Behandlung ausstellte, stand dann auch, dass meine Mutter schuld an meinem Verhalten und ich ganz normal sei. Von da an sträubte ich mich mit Händen und Füßen, weitere Ärzte zu sehen. Ich war dreizehn.

Insgeheim wollte ich auch lieber gar nicht so genau wissen, was mit mir los war. Nachher kam noch raus, dass ich das Problem, dass ich falsch war. Ich habe immer gesagt: „Ich bin Kiya, einfach nur Kiya!", und weigerte mich lange, Artikel oder Bücher zum Thema Autismus zu lesen, obwohl wir ja vermuteten, dass ich autistisch war. Irgendwann trickste meine Mutter mich aus. Sie hatte ein Buch mit dem Titel *Schattenspringer* gekauft, ein toller Comic von einer Autistin, die ihr Leben aufgezeichnet hatte. Das ließ sie unauffällig auf dem Küchentisch liegen. Natürlich schaute ich es mir an, sobald sie nicht da war – und las es in einem Rutsch durch. Als meine Mutter nach Hause kam, fragte ich sie nur ungläubig, wieso da jemand ein Buch über mich geschrieben hätte. Das war der Zeitpunkt, da ich die Möglichkeit „Autismus" etwas besser für mich annehmen konnte.

Es dauerte noch ein bisschen, bis ich von mir aus einen Namen und eine Erklärung für das, was ich hatte, haben wollte. Aber irgendwann wurde mir klar, dass eine Diagnose auch nützlich sein kann. Nur mit einem Verdacht kann man schließlich wenig gegen seine Probleme unternehmen, weil man nicht richtig weiß, wo man ansetzen soll. Mit einer Diagnose halten einen die Leute außerdem nicht mehr einfach für blöd, da es ja einen Grund dafür gibt, wieso man manchmal anders reagiert. Außerdem hat man Anspruch auf staatliche Hilfen, die einem ohne Diagnose nicht zustehen.

Mit achtzehn Jahren ging ich also auf eigene Faust in die Erwachsenenambulanz der Uniklinik und ließ mich diagnostizieren. Das lief überraschend unproblematisch. Mir wurde zugehört, es gab gute Fachkräfte und sehr empathische Psychologen. Seitdem habe ich offiziell die Diagnose einer Autismus-Spektrum-Störung.

DAS BIN JA ICH!
Schattenspringer

Aber ich bin auch immer noch einfach nur Kiya. Jetzt hat es zwar einen Namen, aber das ändert ja nichts daran, wer ich bin!

Wenn man jemanden auf der Straße fragen würde, was Autismus ist, bekäme man vermutlich vor allem Klischees zur Antwort: Autisten haben keine Sozialkompetenzen. Sie sind unempathisch und generell gefühllos. Sie sind entweder hochbegabt oder geistig behindert. Alle Autisten haben eine beeindruckende Inselbegabung (meist irgendwas mit Mathe) oder sie können in Sekundenschnelle den Wochentag zu jedem beliebigen Datum nennen. Im Grunde sind sie wie Roboter in Menschenform.

Das ist natürlich Quark. Es stimmt schon, dass manche Autisten eine geistige Behinderung und manche Spezialbegabungen haben. Die meisten von uns sind jedoch durchschnittlich intelligent, mal mehr oder mal weniger, wie eben jeder andere auch. Daran kann man Autismus nicht messen. Wir haben zwar tatsächlich häufig ausgesuchte Themen, die uns begeistern und in denen wir uns dann besonders gut auskennen, aber das ist nicht gleich eine Inselbegabung und hat auch nicht immer etwas mit Mathe zu tun. Dieses Spezialinteresse kann alles Mögliche sein. Meines sind Tiere (vor allem Hunde und Pferde) und Native Americans, also die amerikanischen Ureinwohner. Das fand ich schon als Kind spannend und habe Berge an Sachbüchern dazu verschlungen.

Woher Autismus kommt, weiß man bisher noch nicht genau. Es wird vermutet, dass er zu einem Großteil genetische Veranlagung ist, dass aber auch ungünstige Umstände bei der Geburt, Umweltfaktoren und soziale Rahmenbedingungen eine Rolle spielen. Autismus ist keine Krankheit (auch wenn der Leidensdruck so hoch sein kann, dass er Krankheitswert hat), sondern eine neurologische Entwicklungsstörung, bei der die Informationsverarbeitung im Gehirn beeinflusst wird.

Eine Behandlungsmöglichkeit, die die Ursachen und nicht nur die Begleiterscheinungen therapiert, gibt es bislang nicht. Viele Autisten sehen übrigens gar keinen Anlass, sich behandeln zu lassen. Statt „krank" oder „behindert" sagt man deswegen am besten „neurodivers", wenn man über Autismus spricht, denn so sind nicht nur die vermeintlichen Defizite, sondern auch die autistischen Stärken und Fähigkeiten umfasst. Neurodivers bedeutet neurologische Vielfalt. Damit ist gemeint, dass es nicht nur einen einzigen neurobiologischen Bauplan gibt, sondern viele verschiedene. Das Gegenstück dazu ist „neurotypisch". Das wäre ein Gehirn, das mit dem Bauplan übereinstimmt, den ein Großteil der Gehirne haben.

Früher hat man zwischen verschiedenen Formen von Autismus unterschieden. Die Ausprägung, die ich habe, hätte man dem Asperger-Syndrom zugeordnet. Doch diese Bezeichnung ist überholt, weil Autismus für jeden Autisten anders ist und man keine klaren Abgrenzungen schaffen kann. Inzwischen spricht man vom Autismus-Spektrum. Alles, was ich hier in diesem Buch erzähle, bezieht sich deswegen auch nur auf meine spezielle Situation. Bestimmt wird sich der ein oder andere Autist zu ganz großen Teilen wiederfinden – aber in einigen Punkten eben auch nicht.

Es gibt trotzdem zwei grundlegende Merkmale, die wir alle gemeinsam haben: Zum einen sind das Schwierigkeiten im sozialen Bereich. Autisten haben kein intuitives Verständnis für menschliche Interaktion und Kommunikation und müssen das mühsam bewusst erlernen. Zum anderen sind das Unterschiede in der Reizverarbeitung und in der Wahrnehmung. Wir können Umwelteinflüsse nicht gut ausblenden. Uns fehlt ein Reizfilter, der sortiert, was wichtig und unwichtig ist. Dieses Fehlen führt schnell zu sensorischer Überlastung. Ich sehe, höre, rieche und fühle nicht nur die Sache, auf die ich mich gerade konzentrieren möchte, sondern auch alles andere dazu. Oft weiß ich vor lauter Sinneseindrücken nicht mehr, wo oben und unten ist.

Schon als ich klein war, reagierte ich in vielen Situationen anders. Ich mochte viele der Dinge nicht, die andere Kinder mochten, und hatte vor vielem mehr Angst, als man braucht. Ich kam besser mit Erwachsenen als mit Gleichaltrigen aus. Das lag an einer Kombination aus Reizüberflutung und Unverständnis, wie Kinder sich untereinander verhalten. Ich blieb lieber bei den Erwachsenen, die waren ruhiger und unterhielten sich über Themen, mit denen ich mehr anfangen konnte. Ich fand andere Kinder zu laut, hektisch und unberechenbar. Wenn ich meine Umgebung nicht einschätzen und kontrollieren konnte, verunsicherte mich das. Dinge durften sich nicht miteinander vermengen. Zum Beispiel musste mein Essen ganz sorgfältig getrennt auf dem Teller liegen und auch in einer bestimmten Reihenfolge gegessen werden (heute bin ich da nicht mehr ganz so streng, aber tendenziell ist das noch immer so). Ich wollte zwar, dass andere Kinder mit mir spielten, aber das hieß für mich, dass sie mir nur zugucken und selbst nichts anfassen sollten. Ich hatte ein Problem damit zu teilen. Eine große Angst war, dass meine Sachen kaputtgehen könnten oder dass ich sie nicht mehr zurückbekäme, wenn jemand anderes sie in die Hand nahm. Meine Gegenstände gaben mir Sicherheit, mehr als andere Menschen das konnten. Ich hatte eine genaue Vorstellung davon, wie sie zu sein hatten und wie man mit ihnen umgehen sollte. Wenn jemand in diese Ordnung eingriff, fand ich das bedrohlich und fast schon körperlich schmerzhaft. Auch heute noch ist es mir sehr wichtig, dass Sachen so bleiben, wie sie zu sein haben, zum Beispiel in der Erziehung von Zora. Zora kann ich nur abgeben, wenn die andere Person sich genau an meine Vorgaben hält.

MEIN VERHALTEN FANDEN VIELE IRRITIEREND.

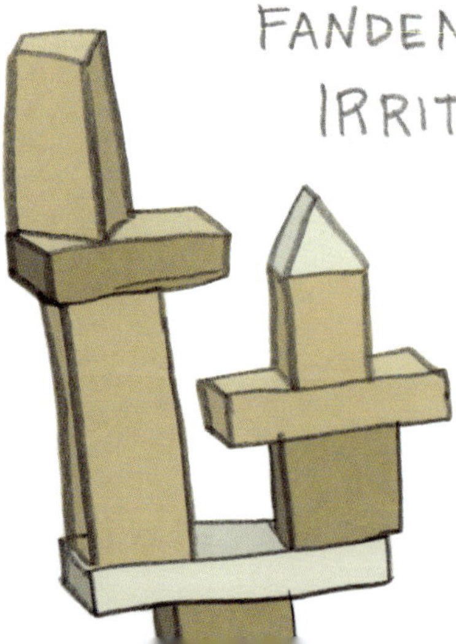

OFT WURDE MIR UNTERSTELLT, ICH WÜRDE MICH NUR ANSTELLEN.

Auch in der Kommunikation war (und ist) vieles für mich nicht intuitiv. Oft weiß ich nicht, wie etwas gemeint ist, und muss nachfragen. Dabei bin ich (ironischerweise) selber oft sarkastisch oder ironisch. Grundsätzlich fällt es mir aber sehr schwer, zwischen den Zeilen zu lesen oder nicht-wörtliche Ausdrücke zu verstehen. Redewendungen sind das beste Beispiel dafür, weil sie mit sprachlichen Bildern arbeiten, die wortwörtlich genommen keinen Sinn ergeben. Der Elefant im Porzellanladen. Bekannt wie ein bunter Hund sein. Eine Nadel im Heuhaufen suchen. Schreckschraube. Die Katze aus dem Sack lassen. Solche Sachen. Tagelang zerbrach ich mir den Kopf darüber, was jemand wohl damit gemeint haben könnte. Inzwischen kann ich Redewendungen gut anwenden, weil ich mir viel Mühe gegeben habe zu erfahren, woher sie kommen. Wenn ich verstehe, woher etwas kommt, ergibt es für mich auch mehr Sinn.

ICH SEI EGOISTISCH ODER SCHLECHT ERZOGEN.

DIE WAHRNEHMUNG

Keinen Reizfilter zu haben bedeutet, dass mir schnell alles zu viel wird. Vor allem laute Geräusche und grelles Licht halte ich nicht gut aus. Einkaufen ist für mich eine gigantische Reizüberflutung. Neonleuchten, laute Musik, viele Menschen, die herumwuseln und durcheinanderreden, die bunten Auslagen, das Piepen der Kassen, ein klingelndes Telefon … Ich bemerke das alles auf einmal. Mein ganzer Körper reagiert darauf. Wenn es ganz schlimm wird, kullern mir vor Anstrengung und Schmerz die Tränen aus den Augen oder ich fange sogar an zu schielen. Als Kind habe ich mir wegen der permanenten Überreizung ständig die Ohren zugehalten oder lief mit winzig klein zusammengekniffenen Augen herum.

Gegenüber taktilen Reizen, also Berührungen, bin ich sehr empfindlich. Ich habe es schon als Kind gehasst, mich auf den Schoß von anderen Leuten zu setzen. Ich lasse mich auch nicht von Fremden umarmen und schüttele ihnen nur mit Überwindung die Hände. Bei Familienmitgliedern und Leuten, denen ich vertraue, geht das. Da lasse ich mich gern in den Arm nehmen und kuscheln. Es hängt allerdings immer davon ab, wie ich gerade drauf bin. Bin ich sehr überlastet, darf selbst meine Mutter mich nicht berühren.

Weil meine Haut so sensibel ist, ist es immer ein riesiges Drama, die richtige Kleidung zu finden. Neue Kleidung anzuprobieren hasse ich. Es dauert eine Ewigkeit, bis ich etwas finde, das ich wirklich mag und tragen kann. Deswegen kaufe ich seit Jahren das Gleiche, vielleicht mal mit einem anderen Muster drauf, und von vielen Teilen habe ich direkt mehrere. Vor allem kratzig und zu eng anliegend dürfen die Sachen nicht sein. Ich fühle mich ohnehin schon so eingeengt, da kann ich nicht noch Kleidung gebrauchen, die das verstärkt. Vom Arzt wurden mir außerdem schwere Schuhe empfohlen, denn die tragen dazu bei, dass ich mich selbst besser spüre und geerdeter bin.

Auch mein Geruchssinn ist überdurchschnittlich gut. Ich weiß oft schon im Vorfeld, wenn Lebensmittel schlecht werden oder jemand krank wird, noch bevor man ihnen irgendetwas ansehen kann, weil der Geruch sich dann ändert.

Es ist toll, wenn sich Leute dann über meine hellseherischen Fähigkeiten wundern – und ganz schön blöd, wenn mir schlecht wird, sobald ich den Kühlschrank öffne, nur weil jemand einen Joghurt darin vergessen hat.

Ich habe außerdem eine Reizverarbeitungsstörung, die dafür sorgt, dass ich Temperaturen nicht gut spüren oder auseinanderhalten kann. Hitze und Kälte fühlen sich für mich oft gleich an. Inzwischen habe ich ein paar Tricks entwickelt, dir mir helfen, das zu navigieren. Für meinen Kleiderschrank habe ich mir Schilder gebastelt, auf denen steht, welche Kleidungsstücke für welche Temperatur geeignet sind, damit ich nicht aus Versehen bei Minusgraden mit Hausschuhen, kurzer Hose und T-Shirt und im Sommer mit Wintersachen draußen herumlaufe. In meiner Dusche lasse ich immer dieselbe Temperatur eingestellt und fasse den Hahn ansonsten nicht mehr an. In der Wohnung, in der ich aufgewachsen bin, gab es noch Wasserhähne mit zwei verschiedenen Temperaturreglern zum Drehen. Da musste meine Mutter mir noch lange helfen, weil ich nie gemerkt habe, ob ich mich verbrühe oder nicht.

Mein Schmerzempfinden hat generell eine Macke. Ganz oft tue ich mir weh und bemerke es nicht. Irgendwann finde ich dann blaue Flecke oder sehe, dass mir Blut den Arm herunterläuft, ohne dass ich weiß, was passiert ist. Das alles heißt natürlich nicht, dass mir nie kalt oder warm ist oder ich schmerzunempfindlich bin! Oft ist es nur die Zuordnung, die ich nicht hinbekomme – und je nach Tagesform bin ich auch schon mal extrem überempfindlich. Es ist kompliziert.

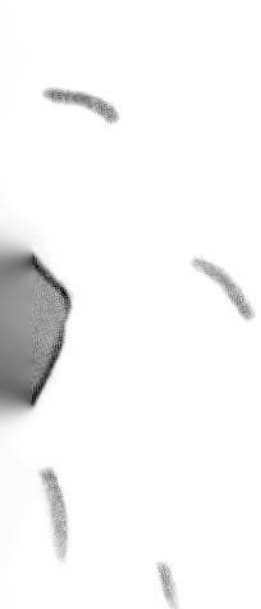

OHRENSCHMAUS UND AUGENWEIDE

Meinem Gehirn scheint das alles nicht gereicht zu haben. Stattdessen dachte es sich, dass es diese ungefilterten Sinneseindrücke ja auch noch miteinander vermischen könnte. Ich bin also zu allem Überfluss Synästhetikerin. Synästhesie ist eine Verknüpfung von verschiedenen Sinnen, die eigentlich gar nicht zusammengehören. Synästhetiker können zum Beispiel Worte schmecken, Buchstaben fühlen oder Töne, Zahlen oder Wochentage in Farben wahrnehmen.

In meinem Fall ist mein Geschmackssinn an meinen Sehsinn, mein Gehör und auch an Emotionen gekoppelt. Das heißt, wenn ich etwas sehe, höre oder fühle, kann ich das gleichzeitig schmecken.

So eine Sinneskopplung kann gut oder schlecht sein. Zoras Bellen schmeckt zum Beispiel sehr gut! Aber manchmal ist es auch lästig. Wenn ich einen bestimmten Gelbton sehe, habe ich den ekelhaftesten Geschmack im Mund, den ich kenne. Wenn ich ein Bild von einem Affen anschaue, kann ich noch Stunden danach nichts mehr essen (die bloße Erwähnung reicht). Auch manche Stimmen schmecken so schlimm, dass ich einen Würgereiz bekomme. Das passiert ebenso bei der falschen Musik. Meine Mutter hat früher manchmal Musik gehört, zu der ich immer Katzenmusik gesagt habe. Wenn sie die angemacht hat, bin ich aus dem Zimmer gerannt, habe mir die Ohren zugehalten und versucht, dagegen anzusingen, weil ich es nicht ausgehalten habe.

Es reicht auch schon, wenn es nur um die Idee von etwas geht. Zum Beispiel schmeckt alles, was sehr alt ist, absolut widerlich. Ich kann deswegen keine Schwarz-Weiß-Filme anschauen. Auch viele Museen ertrage ich nicht, was wirklich schade ist, ich finde Museen nämlich total interessant. Schlimm wird es, wenn ich dem nicht ausweichen kann. In der Schule wurden manchmal Themen besprochen, die unerträglich schmeckten und sich teilweise bis zu einem halben Jahr hinzogen (zum Beispiel die Urzeit, das Mittelalter, Ägypten, eigentlich Geschichte ganz allgemein). Ich habe dann die Bilder in den Büchern abgeklebt oder gleich andere gekauft, in denen Illustrationen statt Fotos von alten Gegenständen waren. Manchmal durfte ich Referate zu einem alternativen Thema halten, aber trotzdem musste ich ja in den Unterricht, in dem der reguläre Stoff besprochen wurde. In diesen Stunden war ich nur noch damit beschäftigt, nicht mehr zu schlucken, weil sonst der Geschmack übermächtig wurde. Ich versuchte, so gut es ging, flach zu atmen und die Zunge nicht die Mundinnenwände berühren zu lassen. Es war einfach nur eklig, auch weil einem irgendwann die Spucke aus dem Mund läuft. Dann habe ich mir möglichst unauffällig ein Taschentuch davorgehalten. Von diesen Stunden habe ich im Grunde nichts mitbekommen. Aber ich konnte ja schlecht von den Lehrern verlangen, das Thema zu überspringen.

Synästhesie kann aber auch hilfreich sein. So kann ich beim Musizieren die Töne schmecken und brauche keine Noten, um zu wissen, ob das, was ich spiele, richtig ist. Synästhesie ist unter Musikern und Künstlern übrigens gar nicht so selten. Franz Liszt, Wassily Kandinsky oder Jimi Hendrix sind berühmte Beispiele.

Man muss kein Autist sein, um Synästhesie zu haben. Die Forschung geht davon aus, dass Säuglinge noch synästhetisch wahrnehmen, diese Fähigkeit aber später weitgehend verloren geht. Synästhesie tritt außerdem familiär gehäuft auf. Mein Vater und meine Cousine sind zum Beispiel auch Synästhetiker.

Manchmal ist es auch lustig, wenn man direkt beobachten kann, wie so eine Verknüpfung ausgelöst wird. Als ich neun oder zehn Jahre alt war, musste ich jeden Abend über mehrere Monate hinweg so etwas wie Ergotherapie machen wegen der Reflexe, die immer noch nicht so arbeiteten, wie sie sollten. Das waren vor allem Koordinationsübungen. Ich musste etwa über den Boden krabbeln und gleichzeitig erst die rechte Hand und das linke Bein heben und dann die linke Hand und das rechte Bein.

Bei diesen Übungen wurden ein paar Kontaktpunkte, die vorher wild in meinem Gehirn herumgeschwirrt waren, anders verknüpft. Danach war meine Mutter für mich blau. Jeden Abend für einige Minuten. Wie ein Schlumpf. Der komplette Mensch war blau, Haare, Haut, Klamotten, einfach alles blau. Ich fand das gar nicht seltsam, es war einfach nur ziemlich lustig. Das war aber eine Ausnahme. In der Zeit hat meine Entwicklung noch mal einen riesigen Sprung gemacht und seitdem ist so etwas Dramatisches nicht wieder passiert.

DER
OVER-

Es ist kein Wunder, dass mir bei so vielen Reizen ganz schön der Kopf klackert. Nachts kann ich oft nicht schlafen, weil die Bingotrommel überhitzt. Ich liege nur noch da und denke:

Wenn es zu lange und doll kullert, knallt es irgendwann. Das nennt man „Overload“. Ein Overload ist eine sensorische Überlastung. Ich bekomme Migräne, meine Augen verlieren den Fokus, ich fange an zu zittern, werde orientierungslos und kann mich manchmal nicht daran erinnern, was eigentlich passiert ist. Einfach alles ist dann zu viel.

MELTDOWN

Ein Overload kann in zwei verschiedene Richtungen gehen. Entweder verfalle ich in eine Starre, einen sogenannten „Shutdown". Dann schaltet mein System völlig ab. Ich kann mich nicht mehr bewegen, mir fallen die Wörter aus dem Kopf und ich kann keine Sätze mehr bilden. Ein Shutdown kann sich über mehrere Tage ziehen. Ich höre auf zu essen und stehe nicht mehr auf. Ich gehe nicht mehr ans Telefon und kapsel mich komplett ab. Ich bin einfach nicht mehr da.

Die andere Richtung nennt man „Meltdown". Das ist wie ein Wutausbruch. Ich bin dann sehr reizbar und kann einfach niemanden um mich herum ertragen. Einen Meltdown von mir abzubekommen ist wie in einem Hagelsturm zu stehen – für die anderen. Ich kann mich nicht mehr richtig kontrollieren. Oft sage ich gemeine Sachen, an die ich mich später nicht mehr erinnern kann. Nach einem Meltdown muss ich meine Mutter oft fragen, ob ich etwas Schlimmes zu ihr gesagt habe – was mir im Nachhinein natürlich immer furchtbar leidtut. Anfassen sollte man mich in solchen Momenten besser nicht, dann schlage ich auch schon mal um mich. Das passiert reflexartig. Zora ist die Einzige, die sich mir in solchen Momenten nähern darf. Sie darf mich immer berühren, ganz egal in welcher Situation.

So ein Overload ist sehr anstrengend. Danach bin ich vollkommen erschöpft und brauche einige Zeit, um mich zu erholen. Wenn ich Glück habe, geht es mir am nächsten Tag wieder gut, wenn ich Pech habe, kann es sich auch schon mal eine ganze Woche hinziehen.

Früher habe ich die Anzeichen für einen Overload oft ignoriert oder wusste nicht, wie ich damit umgehen soll, und dann ist es natürlich eskaliert. Inzwischen habe ich viele Hilfsmittel, die auf mich abgestimmt sind, damit es gar nicht erst wieder so weit kommt. Ich habe einen Gehörschutz, der an meine Ohren angepasst wurde, quasi Hightech-Ohropax. Und ich habe Noise-Cancelling-Kopfhörer. Die habe ich immer dabei. Meine Brille ist auch besonders, und zwar verdunkeln sich die Gläser von selbst, wenn es hell wird. Dann ist es, als hätte ich eine Sonnenbrille auf. Die Brille ist außerdem an den Bügeln weicher, weil ich schnell Spannungskopfschmerzen bekomme.

Für einige Dinge nehme ich Medikamente. Für andere habe ich kleine sogenannte „Skills". Skills sind kleine Gegenstände, die mir helfen, in die Realität zurückzukommen und mich wieder zu spüren. Zum Beispiel ein kleines Kuscheltier, das ich in die Hand nehme und an dem ich herumknödeln kann, oder scharfe Chilibonbons und Pfefferminzöl. Wenn ich die Schärfe der Bonbons schmecke oder das Öl rieche, holt mich das zurück in die Wirklichkeit.

Auch Musik, Hörspiele und Hörbücher helfen mir beim Runterfahren. Ich höre eigentlich den ganzen Tag lang etwas, oft immer das Gleiche. Das entspannt mich. Zora mag das auch gern. Wir sitzen stundenlang auf dem Sofa, dem Bett oder dem Boden und hören uns ein Hörspiel nach dem anderen an, auch schon mal ein ganzes Buch am Stück.

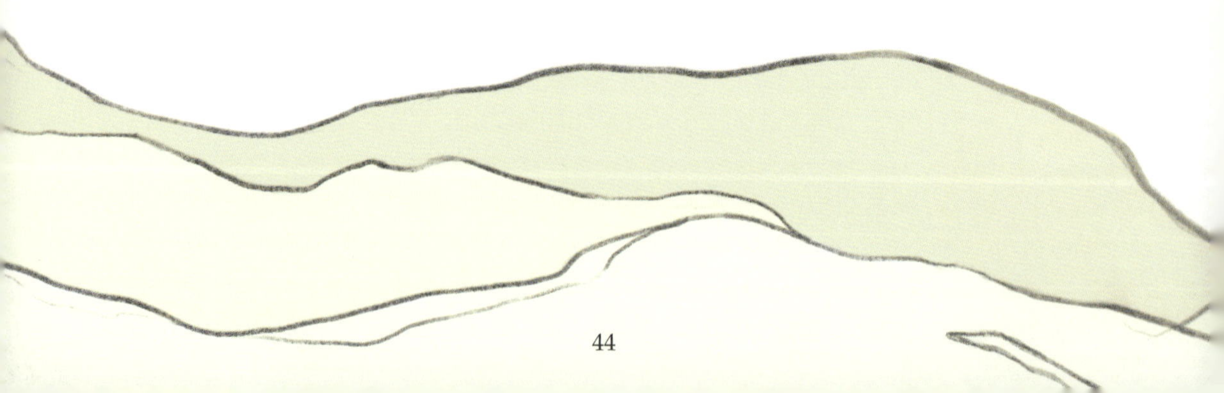

Ich versuche generell, auf mich aufzupassen und viele schöne Dinge für mich selbst zu tun. Ich achte darauf, dass ich gut esse, dass ich für den Notfall genug Vorräte zu Hause habe, dass ich jeden Tag rausgehe und ausreichend Pausen einlege. Wenn ich weiß, dass ein anstrengender Termin ansteht, halte ich mir die Tage davor und danach frei. Lust habe ich nicht immer dazu, aber ich weiß ja, wie ich bin, wenn ich überlastet bin und das möchte ich niemandem (und auch mir selbst) nicht antun. So kriege ich es inzwischen ganz gut hin.

Ich möchte aber nicht den Eindruck vermitteln, dass mein Leben durchweg nur anstrengend oder blöd ist. Selbst in Phasen, in denen es mal schwieriger ist, weiß ich, wie ich trotzdem schöne Momente finden kann. Darauf hat meine Mutter schon immer sehr viel Wert gelegt. Wir bauten uns kleine Glücksinseln im Chaos. Egal was um mich herum los war, ich konnte mich auf eine der Inseln zurückziehen und alles drum herum für ein paar Stunden ausblenden. Und in der Masse waren die vielen kleinen Momente ein positives Gegengewicht.

Musik ist so eine Inselwelt. Es gab immer Instrumente und Musik bei uns zu Hause. Ich habe lange Geige gespielt und kann auch ziemlich gut singen. Egal wie gestresst ich von der Schule kam, für Geigen, Orchester und Chor konnte ich trotzdem Energie mobilisieren. Und wenn ich tanze, fällt alles Negative von mir ab, da bin ich wie mein Vater. Musik hat mich schon immer locker und glücklich gemacht.

Eine andere Glücksinsel ist Herumwerkeln. Ich habe ständig kleine kreative Projekte. Früher drehten meine Mutter und ich Urlaubsfilme, über die ich dann Text sprach, oder wir bauten aus Pappe die Burgen nach, die wir zuvor besichtigt hatten. Heute fertige ich Leinen- und Hundehalsbänder an, die ich auch verkaufe. In solchen Sachen gehe ich total auf, weil ich mir eine Welt ganz nach meinen Vorstellungen schaffen kann. Keiner redet mir rein, keiner sagt mir, ich würde etwas falsch herum aufkleben, und ich werde am Ende auch nicht dafür bewertet.

Die dritte große Insel sind Tiere. Eine Zeit lang verbrachte ich jede freie Minute im Reitstall. Dabei ging es mir nicht nur ums Reiten. Ich konnte Stunden mit den Pferden zubringen, sie kraulen und mit ihnen reden. Und bis Zora kam, hatte ich immer Meerschweinchen, die ich über alles liebte.

WAS IST AUTISMUS? (von altgriechisch autós = „selbst")

Autismus ist eine tiefgreifende neurologische Entwicklungsstörung, bei der die Informations- und Wahrnehmungsverarbeitung im Gehirn beeinflusst wird, was sich auf die Entwicklung der sozialen Interaktion, der Kommunikation und des Verhaltens auswirkt.

Früher wurde zwischen verschiedenen Autismusformen unterschieden, zum Beispiel frühkindlicher, atypischer Autismus oder Asperger-Syndrom.
Heute spricht man stattdessen von einer **Autismus-Spektrum-Störung** (ASS). Denn der Übergang zwischen milden und stärkeren Autismusformen ist fließend und macht eine klare Abgrenzung kaum möglich.

URSACHEN

Es gibt bislang keine allgemein anerkannte Erklärung der Ursachen von Autismus.
Vermutungen: genetische Veranlagung, aber auch Einfluss von ungünstigen Umständen bei der Geburt, Umweltfaktoren und sozialen Rahmenbedingungen.

BEHANDLUNG

Es gibt aktuell keine Behandlungsmöglichkeit, die die Ursachen und nicht nur die Begleiterscheinungen therapiert. Obwohl manchmal mit hohem Leidensdruck verbunden, ist Autismus **keine Krankheit**. Man sagt daher am besten „neurodivers" (in Abgrenzung zu „neurotypisch") statt „krank" oder „behindert".

Neurodiversität bedeutet neurologische Vielfalt: Abweichende neurobiologische Entwicklungen werden nicht als Krankheit angesehen. Vielmehr wird davon ausgegangen, dass Menschen zwar unterschiedlich veranlagt sein können, dies aber einem normalen menschlichen Unterschied entspricht. So sind nicht nur die vermeintlichen Defizite, sondern auch die autistischen Stärken und Fähigkeiten umfasst.

BESONDERHEITEN IN DER WAHRNEHMUNG

Autisten haben große Schwierigkeiten mit der Wahrnehmung und Verarbeitung von Umweltreizen und Sinneseindrücken. Es kommt schnell zu einer sensorischen Überlastung („Sensory Overload“).

Overload

Bei einem Overload hat der Körper so viele Reize gleichzeitig aufgenommen, dass diese nicht mehr verarbeitet werden können, was dann zu einer Überforderung des gesamten Organismus führt. Wird nicht rechtzeitig etwas dagegen unternommen, kann der Overload zu einem **„Meltdown“** oder **„Shutdown“** führen.

Vergleichbar mit einem starken Wutausbruch, bei dem der Betroffene sein Verhalten nicht mehr kontrollieren kann und oft laut oder auch verbal und körperlich aggressiv wird.

Der Körper versucht, die einprasselnden Reize auszugleichen, indem bestimmte Sinne (teilweise völlig) unterdrückt werden. Betroffene verlieren dann zeitweise bestimmte Sinne, können beispielsweise nur noch verschwommen sehen oder nicht mehr sprechen.

SCHWIERIGKEITEN IM SOZIALEN MITEINANDER

- Schwierigkeiten, soziale und emotionale Signale einzuschätzen und diese auszusenden (z. B. Körpersprache lesen oder Blickkontakt halten). Verhalten oder Reaktionen wirken dadurch oft unangemessen.
- Je nach Ausprägung Entwicklungsverzögerungen bzw. Entwicklungsrückstände in der Sprache oder der kognitiven Entwicklung.
- Manchmal auch Auffälligkeiten in der psychomotorischen Entwicklung.
- Übrigens: Autismus sagt nichts über das Intelligenzniveau eines Menschen aus!

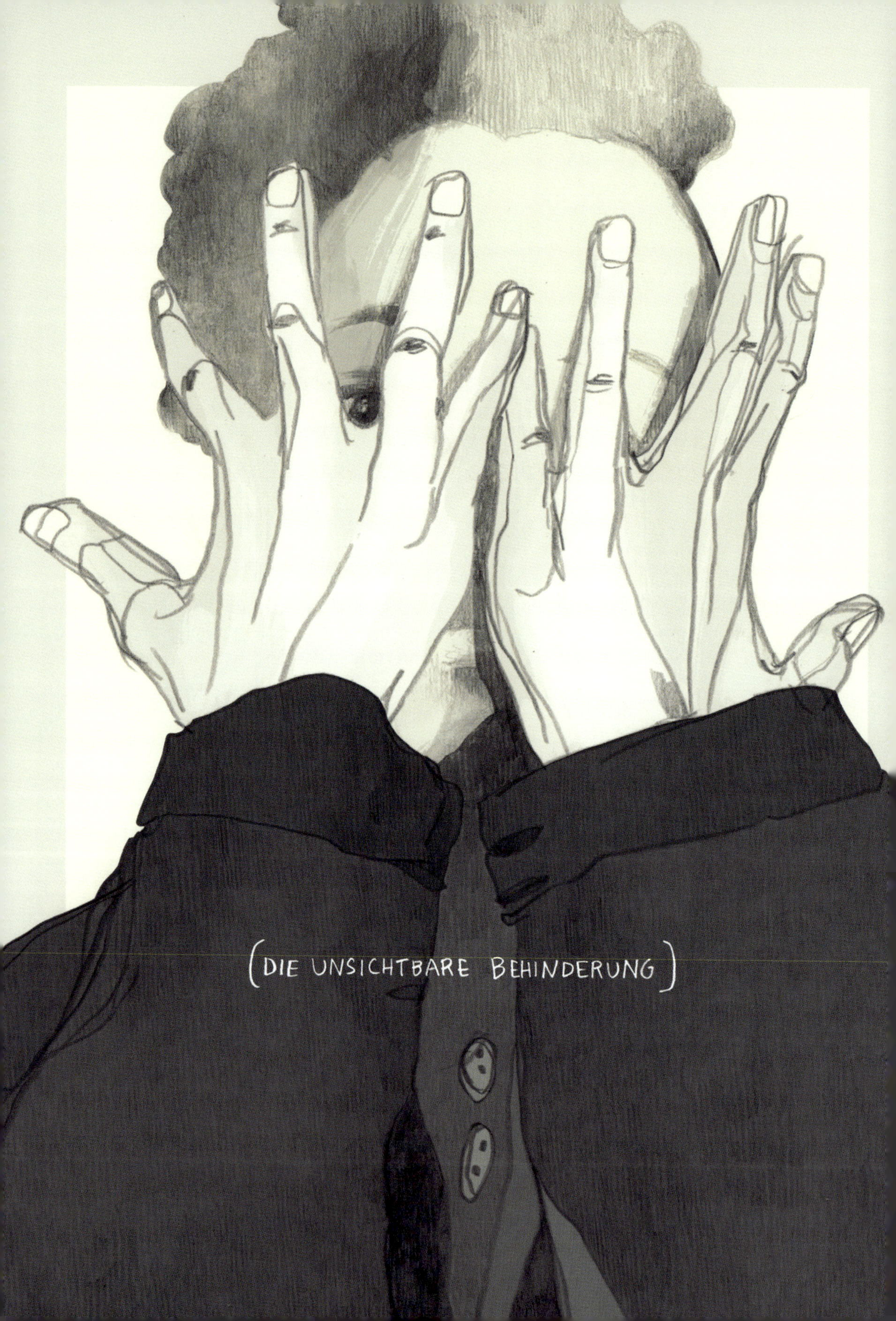
(DIE UNSICHTBARE BEHINDERUNG)

Autismus ist eine unsichtbare Behinderung. Das kann mal gut und mal schlecht sein. Wenn man nicht auffallen möchte, kann man zeitweise unerkannt damit durchkommen. Das kann praktisch sein. Andererseits wird einem auch weniger geglaubt. Autismus ist halt nicht so offensichtlich wie ein Rollstuhl. Daher bekommt man eher Sprüche zu hören wie „Du hast doch gar nichts!" oder „Stell dich nicht so an!". Als ich mich einmal nach einer Panikattacke auf eine Bank legen musste, rief jemand im Vorbeigehen, ich sei „wohl besoffen oder was?!".

Das erste Mal, dass ich meine Mutter gefragt habe, ob ich behindert sei, war in der ersten Klasse. Das war zu einem Zeitpunkt, als wir noch nicht so viel darüber wussten, was „behindert sein" eigentlich bedeutet. Aber für mich war auch damals schon klar, dass ich etwas habe, das mir das Leben irgendwie schwer macht. Ich habe meine Mutter oft gefragt, ob sie nicht lieber ein Kind gehabt hätte, das funktionierte. Das trage ich schon lange mit mir herum. Bin ich gut genug für diese Welt, bin ich gut genug für meine Mutter, bin ich gut genug für die Lehrer, kann man mich so mögen, wie ich bin? Das Gefühl, nicht gewollt, nicht gehört und nicht gesehen zu werden, war bei mir immer ganz stark. Was dieses Gefühl noch verschlimmert hat, war der Wunsch, bloß nicht aufzufallen. Vor allem weibliche Autisten können sich nach außen hin oft sehr gut anpassen. Wir werden extrem gut darin, uns in der Öffentlichkeit zu verstellen, damit wir „normal" wirken. Ich habe das jahrelang gemacht.

Sich gut anpassen können klingt erst mal super. Meine Mutter konnte mich immer und überallhin ohne Probleme mitnehmen. Die Erwachsenenwelt war begeistert, wie wohlerzogen ich war. Wie freundlich und zuvorkommend - wie eine kleine Erwachsene eben. Dass das für ein Kind oft auch unangemessen war, wurde nicht gesehen. Anpassung heißt für Autisten gleichzeitig oft, nicht man selbst sein zu können.

Es hat mich unfassbar angestrengt, jeden Tag so zu tun, als wäre ich wie alle anderen. Als könnte ich alles wie alle anderen. Ich hatte einfach immer eine Maske auf. Am Abend war ich dann meistens total erschöpft. Ich hatte Overloads wegen der banalsten Anlässe und meine „Wutausbrüche" waren viel stärker als heute, weil ich so viel verbarg und hinunterschluckte, dass irgendwann alles auf einmal hochkam.

In der Schule war ich eines der unauffälligsten Kinder überhaupt. Oft wurde mein Name vergessen, wenn die Anwesenheit abgefragt wurde, oder ich wurde übersehen, wenn Testblätter ausgeteilt wurden, weil ich so ruhig war. Man setzte mich gern an die Tische mit den Unruhestiftern oder genau dazwischen, damit wir uns gegenseitig „neutralisierten" (was natürlich nicht funktionierte). Meine Mutter sagte, sie habe sich manchmal gewünscht, dass ich auch mal aufmüpfig gewesen wäre, damit die Lehrer gezwungen gewesen wären, mich anders wahrzunehmen. Aber ich habe immer versucht, nicht da zu sein, und mich ganz klein gemacht.

DIE SCHUL-
ZEIT

An meine Schulzeit habe ich kaum gute Erinnerungen. Vieles von dem, was mir damals passiert ist, ist ein Grund dafür, dass ich Zora heute brauche. Durch die Schule wurden viele meiner Symptome verstärkt. Manches tauchte überhaupt erst dadurch auf. Ich war dauergestresst und ständig krank, ich entwickelte Zwänge und Ängste, und die Ticks, die ich sowieso schon hatte, wurden stärker.

Schon die Teilnahme am normalen Unterricht war schrecklich. Überall wurde geredet, gekritzelt und geraschelt, alles war so laut und so bunt und so wuselig, dass ich gar nicht mehr wusste, wo mir der Kopf stand. Konzentrieren war fast unmöglich. Ich solle besser zuhören, meinten meine Lehrer. Ich habe zugehört. Aber ich konnte bei dem ganzen Durcheinander oft nicht richtig aufnehmen, was vorne gesagt wurde. Ich sah nur einen Mund auf und zu schnappen, ohne dass etwas bei mir ankam. Die Lehrer hatten kein Verständnis für mich. „Das Kind stellt sich an“, hieß es.

Auch meine Motorik meldete sich. Ich schrieb zu groß für die Linien, drückte sehr stark auf und verkrampfte irgendwann so sehr, dass ich schon mal den Stift durchbrach. Ich konnte meine Hand nicht dazu bringen, den Stift so zu halten, wie man sollte. Lückentexte waren die reinste Quälerei, denn da passte meine Schrift nicht hinein. Natürlich habe ich nicht einfach drunter und drüber geschrieben, dafür war ich nicht flexibel genug im Kopf. Wenn die Lücke zu klein war, fand ich es viel wahrscheinlicher, dass mein Wort falsch sein musste, als dass der Strich zu kurz war. Erschwerend kam hinzu, dass ich lange Zeit Probleme hatte, überhaupt die Linien auf dem Papier zu erkennen.

Ich schrieb so, als hätte ich einen Besenstiel in der Hand.

Mit dem Schulstoff an sich hatte ich kein Problem. Doch es wirkte häufig so, weil ich durch meine sensorischen und motorischen Einschränkungen oft nicht mitteilen konnte, was ich wusste. Wir mussten in den Fächern individuelle Zielvereinbarungen formulieren. Auf Fragen wie „Was nimmst du dir in Mathe fürs nächste Jahr vor?" hätte ich am liebsten geantwortet: „Mein Ziel ist es, in den Kästchen zu bleiben." Und nicht: „Ich lerne das große Einmaleins." Verständnis hatte kaum jemand dafür, auch wenn ich versuchte, mich zu erklären. Eine Lehrerin war so nett und brachte mir die Arbeitsblätter eine Zeit lang in DIN A3 mit. Da konnte ich es auf einmal. Aber das war ihr leider nach einem Monat zu umständlich und sie hörte wieder damit auf.

Bin ich beim Schreiben zu langsam, kommt mir außerdem die Bingotrommel in die Quere. Manchmal steht auf einmal etwas total anderes auf dem Papier, als ich wollte, weil meine Gedanken irgendwo auf dem Weg vom Kopf zur Hand verloren gegangen sind. Die Bingotrommel war auch ein Problem, wenn wir Arbeitsblätter oder Klausuren bekamen. Wir mussten die Aufgabenstellung immer erst einmal komplett durchlesen und dann das Blatt umdrehen und warten, bis die ganze Klasse mit dem Lesen fertig war, damit wir alle gleichzeitig mit der Bearbeitung anfangen konnten. Das konnte ich aber nicht. Denn weil ich sehr schnell las, musste ich lange mit dem Umdrehen warten – und in der Zwischenzeit schon wieder an zahllose andere Sachen denken. Obwohl ich beim ersten Lesen oft schon die Antworten im Kopf hatte, waren sie wieder verschwunden, wenn wir endlich loslegen durften. Wenn ich die Aufgabenstellung noch mal lesen wollte, wurde ich zurechtgewiesen. Das führte dazu, dass ich nur noch krampfhaft versuchte, mich an die Lösungen zu erinnern, was aber meist nicht so gut klappte. So habe ich häufig nur noch meinen Namen und das Datum oben aufs Papier gesetzt, um überhaupt etwas machen zu können – und gab am Ende ein leeres Blatt ab.

Lesen funktioniert bei mir auf eine besondere Weise. Ich lese nicht gleichzeitig den Text und verstehe ihn, sondern es läuft eine Art versetzter Prozess in meinem Kopf ab. Ich erfasse zuerst die Buchstaben bildlich und fange danach mit der Verarbeitung, dem Begreifen, an. Sobald ich eine Zeile „gescannt" habe, ist sie im Kopf und meine Augen wandern weiter. Dabei sind sie so schnell, dass mein Gehirn mit dem Verstehen kaum hinterherkommt. Ich muss mich richtig konzentrieren, mit den Augen nicht schon auf der nächsten Seite zu sein, obwohl ich mit dem Verstehen noch am Anfang der ersten Seite bin. Wenn das passiert, muss ich wieder von vorne anfangen. Sonst habe ich den Text nur im Kopf abgelegt, aber nicht verstanden.

Deshalb brauche ich beim Lesen räumliche Abgrenzung. Eine Seite in einem Buch oder sogar eine Doppelseite ist zu groß. Sachbücher mit vielen Bildern lese ich deswegen am liebsten, das ist nicht so anstrengend wie reiner Text. Ansonsten nehme ich gern mein Handy, denn dann habe ich nur den kleinen Abschnitt auf meinem Bildschirm, den ich gerade lesen möchte. Mein Auge kann nicht weiterwandern, weil da nichts mehr ist. Fremdsprachige Texte sind übrigens einfacher zu lesen als deutsche, wahrscheinlich weil die Wörter unbekannter sind und der Scanprozess deswegen langsamer läuft.

ZUERST SCANNEN
MEINE AUGEN
DIE BUCHSTABEN.

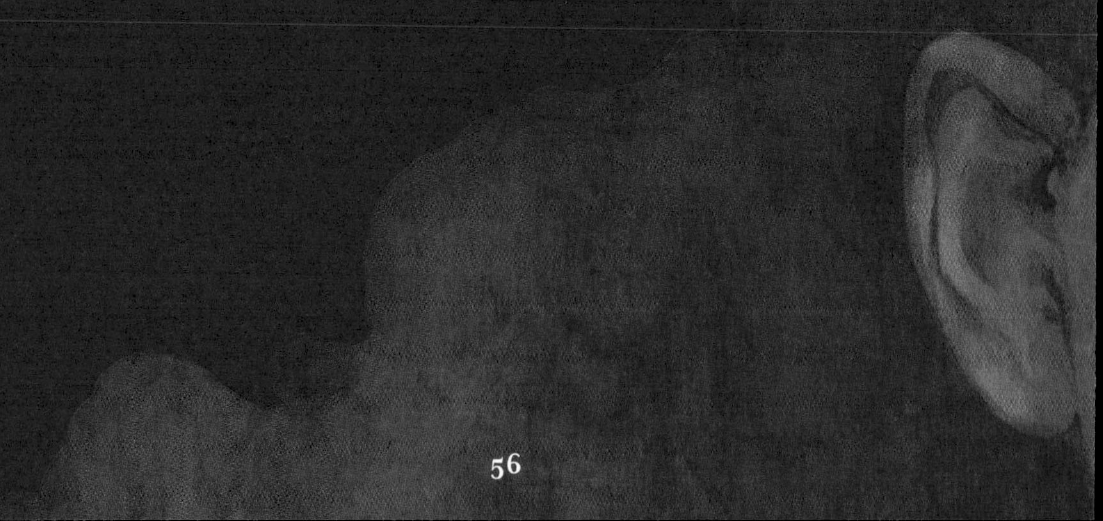

DANN ERST FÄNGT MEIN GEHIRN MIT DEM BEGREIFEN AN.
LESEN

Vielleicht wäre alles nicht so schlimm gewesen, wenn ich wenigstens sozialen Rückhalt und gute Freunde gehabt hätte. Doch mit den anderen Kindern kam ich nicht zurecht. Ich war anders, ich war seltsam, ich passte nicht dazu. Das bekam ich deutlich zu spüren. Ich war sehr klein für mein Alter und sah deswegen auch um einiges jünger aus, als ich war. Bei Erwachsenen oder deutlich älteren Schülern kam das gut an, die fanden mich immer niedlich. Das machte mich wiederum bei meinen Klassenkameraden extra unbeliebt. Die paar wenigen Mitschüler, die ich mochte, waren entweder nicht in meiner Klasse oder wechselten im Laufe der Zeit an andere Schulen.

Ich wurde ziemlich viel gemobbt. Das fing bereits in der Grundschule an und zog sich durch meine gesamte Schulzeit. Bei irgendetwas mitmachen durfte ich nie. Beim Sportunterricht wurde ich immer als Letzte gewählt. Ich war die Person, die keiner haben wollte. Ich wurde beschimpft, meine Sachen wurden versteckt, meine Federtasche ausgekippt. Mein Rucksack wurde in den Müll, meine Sporttasche in Pfützen geworfen. Vieles war wirklich richtig gemein. Irgendwann habe ich mich nicht mehr getraut, Bus zu fahren, weil da die anderen drinsaßen.

DIE LEHRER SAGTEN ZU ALL DEM KAUM ETWAS.

Nach einem besonders schlimmen Vorfall in der achten Klasse versuchte ich einmal, mich zu wehren. Wir hatten einen Klassenrat, in dem Dinge wie Mobbing besprochen wurden. Da habe ich erzählt, wer mich alles ärgert und drangsaliert. Danach wurde es tatsächlich besser. Allerdings nicht besonders lange. Und dann ging alles weiter wie zuvor.

SIE BEHAUPTETEN IMMER, ICH SEI GANZ TOLL INTEGRIERT.

Die Pausen waren besonders furchtbar. In meinem Klassenzimmer lag Teppich, weswegen die Schuhe draußen auf dem Flur blieben. Bevor wir auf den Schulhof konnten, mussten wir uns also erst die Schuhe wieder anziehen. Ich ließ mir damit immer viel Zeit und war oft als Letzte draußen, weil ich es nicht schaffte, mir die Schuhe anzuziehen, wenn ich geschubst wurde. Oft hatte jemand meine Schnürsenkel verknotet. Ich brauchte ohnehin schon lange, um meine Schnürsenkel zu binden, das bekam ich koordinativ nicht so gut hin. Irgendwann hatte ich dann nur noch Schuhe mit Klettverschluss. Auf dem Schulhof blieb ich allein und drückte mich meist in der hintersten Ecke herum, weil mir das Gewusel und der Lärm zu viel waren. Geärgert wurde ich trotzdem. Manchmal habe ich mich auch auf der Toilette versteckt. Ganz selten hat mir ein Lehrer mal erlaubt, die Pause über allein in der Klasse zu bleiben. Die einzige Person, die mich ein wenig beschützt hat, war die Frau, die in der Cafeteria arbeitete. Ihr war aufgefallen, dass ich häufiger kein Mittagessen mehr bekam, weil ich im Ansturm der Essensausgabe nach hinten abgedrängt wurde und dann leer ausging. Also durfte ich bei ihr im Voraus bezahlen und mein Essen separat abholen.

Zu Hause habe ich das meiste nicht erzählt, Augen zu und durch. Manche Dinge weiß meine Mutter bis heute nicht. Vieles habe ich verdrängt, Sachen, an die ich einfach nicht denken möchte, weil es immer noch sehr weh tut, selbst jetzt noch. Darüber sprechen kann ich überhaupt nur, weil Zora bei mir ist.

Jeder Tag in der Schule war purer sozialer Stress. Ich lebte in der permanenten Angst, die Erwartungen meines Gegenübers nicht erfüllen zu können. Die Erwartungen der Lehrer, die Erwartungen der Mitschüler, die Erwartungen meiner Mutter und auch meine Erwartungen an mich selbst. Ich machte wieder und wieder die Erfahrung, dass ich mich anstrengen konnte, wie ich wollte, ich würde trotzdem scheitern.

Der reguläre Schulalltag – auf Knopfdruck abliefern zu müssen, dabei ständig kontrolliert zu werden und möglichst keine Fehler zu machen – hat mich massiv unter Druck gesetzt. Es war bei uns in der Klasse zum Beispiel üblich, die Namen jener Personen, die den Klassenschnitt runtergezogen hatten, laut vorzulesen. Da gehörte ich leider oft dazu. Das hat natürlich nicht dazu beigetragen, dass ich mich in der Folge mehr gemeldet hätte oder dass meine Probleme besser wurden. Ich fühlte mich nur noch kleiner und gedemütigter als sowieso schon. Es kam auch vor, dass ich schlecht bewertet wurde oder sogar durchfiel, weil Lehrer Teile meiner Arbeit oder Projekte übersehen hatten. Wenn ich mich beschwerte, glaubte man mir nicht. Ich war ja die Komische, mit mir stimmte was nicht. Und selbst wenn dann herauskam, dass ich doch recht gehabt hatte, galt das nicht als sonderlich nennenswert. Die meisten Lehrer ließen mich spüren, dass sie mich nicht besonders mochten. Dabei hätte man durchaus ein gewisses Bewusstsein für das Anders-

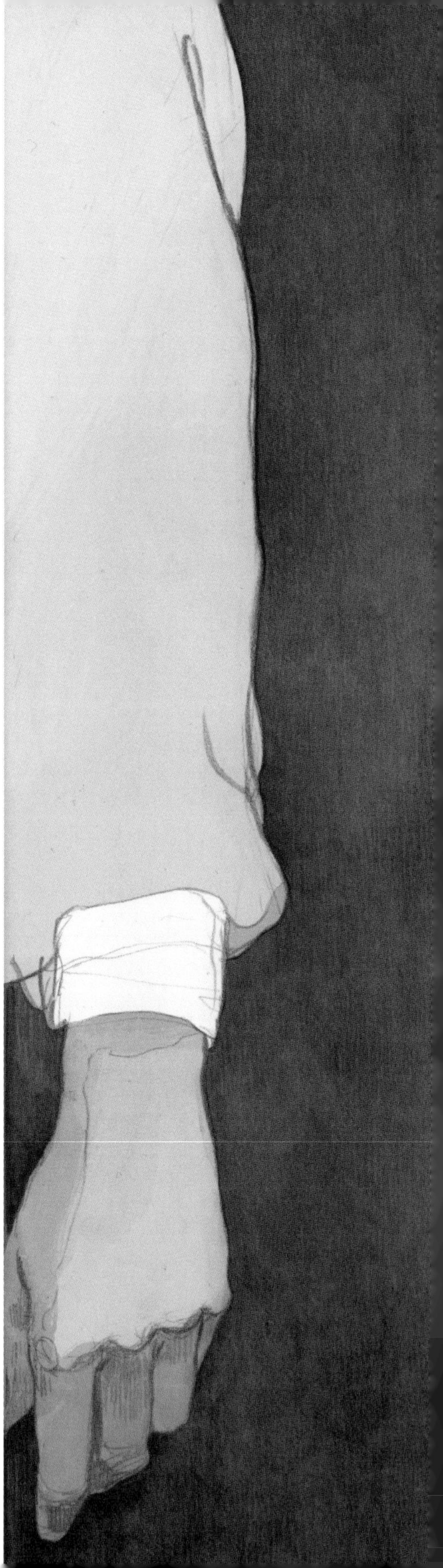

MEINE BEDÜRFNISSE WURDEN IGNORIERT.

MEINE WAHRNEHMUNG NICHT ERNST GENOMMEN.

MIR WURDE IMMER ALS LETZTES GEGLAUBT.

sein erwarten können, denn ich war ab der fünften Klasse in einer Integrationsklasse, in der es zwei Schwerhörige und zwei autistische Jungs gab. Integrationskinder waren die, bei denen behördlicherseits festgestellt worden war, dass sie in irgendeiner Form besonderen Unterstützungsbedarf hatten. Weil ich keine offizielle Diagnose hatte, galt ich lange nicht als förderbedürftig, obwohl den Lehrern auch so klar war, dass ich Hilfe brauchte.

In der achten Klasse hielt ich den ständigen Druck dann nicht mehr aus. Es ging mir psychisch immer schlechter. Wir beantragten den Förderstatus, weil wir uns davon mehr Unterstützung und Entlastung erhofften. Für den Status, für den ich ohne Diagnose infrage kam, gab es allerdings keinen Nachteilsausgleich (das wäre zum Beispiel eine verlängerte Bearbeitungszeit bei Klausuren gewesen). Meine Lehrerin schlug daraufhin vor, mich als lernschwach einzustufen, auch wenn wir alle wussten, dass das nicht stimmte. Die Hoffnung war, dass ich mit dem Integrationsstatus mehr Förderstunden zugewiesen bekäme. Doch das Gegenteil war der Fall: Mit dem Stempel „Lernbehinderung" wurde ich jetzt behandelt, als sei sowieso alles verloren. Manche Lehrer hatten mich auch vorher schon für dumm gehalten, jetzt hatten sie es schwarz auf weiß. Der Förderstatus brachte mir also eigentlich gar nichts bis auf das Label, blöd und emotional zurückgeblieben zu sein.

Doch der Höhepunkt (oder eher Tiefpunkt) war mein Hauptschulabschluss. Das Ergebnis, das mir mitgeteilt wurde, lautete: durchgefallen. Ich war am Boden zerstört. Ich hatte eigentlich ein ganz gutes Gefühl gehabt, doch das war wohl offensichtlich pure Selbstüberschätzung gewesen. Hier hatte ich wieder einmal die Bestätigung für meine Dummheit.

Es stellte sich jedoch heraus, dass das nicht stimmte. Zwei Wochen später rief meine Klassenlehrerin an. Ihr war mein Notenschnitt auffällig vorgekommen und sie hatte recherchiert. In diesem Schuljahr hatte es eine Umstellung im Notensystem gegeben. Außerdem war ich im zweiten Halbjahr der neunten Klasse in eine andere Klasse gewechselt. Zusammen hatte das zu so viel Verwirrung geführt, dass meine Noten nicht richtig eingetragen worden waren. Mein Schnitt war komplett verfälscht. Ich hatte den Hauptschulabschluss also doch geschafft (und auch gar nicht so schlecht). Meine Lehrerin meinte, dass in diesem Schuljahr mehrfach falsche Berechnungen vorgekommen waren und ich mich doch freuen könne, dass es bei mir so und nicht andersherum sei. Aber das erdrückende Gefühl, mal wieder absolut versagt zu haben, konnte ich nicht einfach so abschütteln.

EINEN KRÖNENDEREN ABSCHLUSS
FÜR MEINE SCHULLAUFBAHN
HÄTTE MAN SICH WIRKLICH
NICHT AUSDENKEN KÖNNEN.

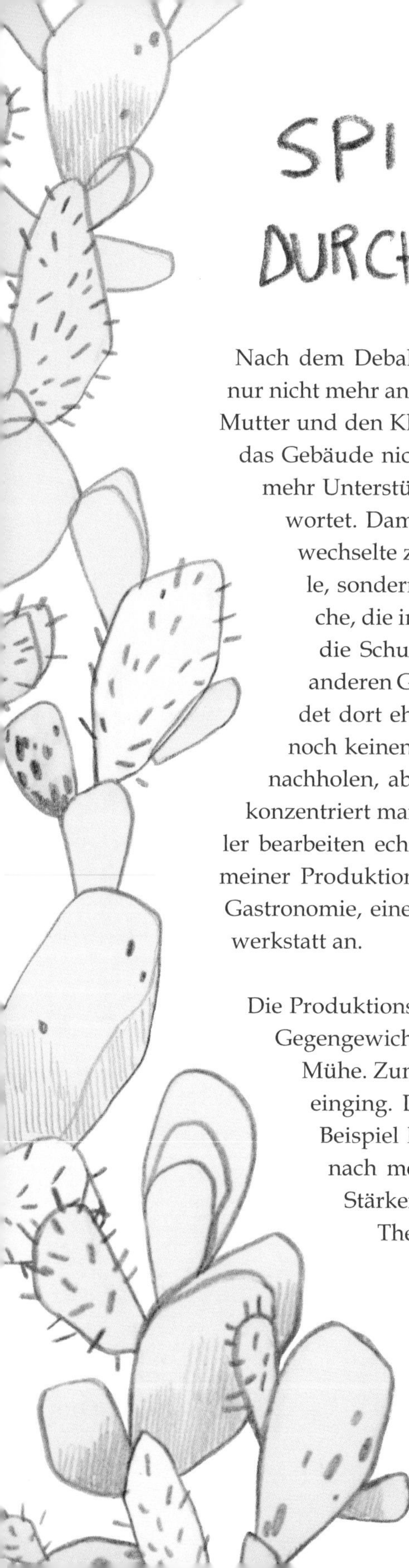

SPIESSRUTENLAUF DURCH DIE BEHÖRDEN

Nach dem Debakel mit meinem Hauptschulabschluss wollte ich alles, nur nicht mehr an die Schule zurück. In einem Gespräch zwischen meiner Mutter und den Klassenlehrern (das ohne mich stattfand, denn ich wollte das Gebäude nicht mehr betreten) wurde die Frage, ob ich ab jetzt mit mehr Unterstützung rechnen könnte, mit einem Achselzucken beantwortet. Damit war die Sache klar. Ich ging von der Schule ab und wechselte zu einer Produktionsschule. Dies ist keine richtige Schule, sondern sie dient der Berufsvorbereitung. Sie ist für Jugendliche, die im regulären Schulsystem nicht gut aufgehoben sind, die die Schule teilweise ohne Abschluss verlassen haben oder aus anderen Gründen nicht mehr (oder nur selten) hingehen. Man findet dort ehemalige Gymnasiasten ebenso wie Hauptschüler. Wer noch keinen Hauptschulabschluss hat, kann diesen dort zusätzlich nachholen, aber regulären Schulunterricht gibt es nicht. Stattdessen konzentriert man sich auf verschiedene Ausbildungsbereiche, die Schüler bearbeiten echte Aufträge und bekommen ein Ausbildungsgeld. An meiner Produktionsschule gab es fünf Werkstätten (Malerei, Tischlerei, Gastronomie, einen IT-Bereich und Grafikdesign). Ich fing in der Malerwerkstatt an.

Die Produktionsschule bildete zumindest anfangs ein kleines positives Gegengewicht. Das Lehrpersonal war sehr nett und gab sich wirklich Mühe. Zum ersten Mal hatte ich das Gefühl, dass jemand auf mich einging. Dass bei mir das Lesen anders funktioniert, kam zum Beispiel hier heraus. In der Produktionsschule wurde ich nicht nach meinen Schwächen beurteilt, sondern ich konnte meine Stärken zeigen. Als die Lehrer feststellten, dass ich mich im Theorieunterricht langweilte, weil ich den Stoff entweder schon kannte oder zu schnell für meine Mitschüler war, überlegten sie sich Alternativen. Auch die handwerkliche Arbeit kam mir entgegen. Selbst die Mitschüler waren netter. Erstmals in meinem Leben hatte ich Gleichaltrige, mit denen ich auch außerhalb der Schule etwas unternahm, ohne dass meine Mutter das für mich organisiert hatte.

Trotz allem waren die Zukunftsperspektiven mies. An der Produktionsschule gab es nur ein beschränktes Angebot an Berufen. Malerin wollte ich eigentlich nicht werden, viel lieber wollte ich draußen an der frischen Luft sein und als Pferde- oder Landwirtin arbeiten. Auf eigene Faust organisierten wir mir einen Ausbildungsplatz als Pferdefachwirtin. Ich hatte die Zusage des Berufsbildungswerks schon, aber dann blockierte das Arbeitsamt. Eine autistische Pferdewirtin? Das habe keine Zukunft auf dem Arbeitsmarkt, das sei unvermittelbar. Ich solle stattdessen eine Berufsvorbereitung machen. Dort gab es allerdings wieder nur eine sehr beschränkte Auswahl an Lehrberufen. Für mich war da eigentlich gar nichts dabei. Das Arbeitsamt schlug daraufhin Fachlageristin vor, weil Autisten doch so gern sortieren, oder Metallbau, da sei ich doch auch an der frischen Luft.

Wenn man behindert und unter fünfundzwanzig ist, wird man von der Reha-Abteilung der Bundesagentur für Arbeit betreut. Diese entscheidet, welche Form der Unterstützung man benötigt, damit der Einstieg ins Berufsleben gelingt. Aber eigentlich werden alle Jugendlichen erst mal in die Berufsvorbereitung geschickt. Das war für mich schon das erste Blöde, weil ich eigentlich ziemlich genau wusste, was ich werden wollte, aber trotzdem noch mal Testphasen in Berufen machen sollte, die mich gar nicht interessierten. Die meisten Angebote gibt es in der Gastronomie oder im Altenheim. Das ist unpassend für all jene, die sich schnell ekeln und reizüberflutet sind. Man ist ständig unter Leuten, muss alte und eventuell kranke Menschen anfassen und kommt mit Körperausscheidungen in Berührung, was ich grässlich finde. Tatsächlich ließ ich mich auf verschiedene Maßnahmen ein, versuchte es sogar im Altenheim, aber das war eine Katastrophe.

Schließlich wurde mir gesagt, ich sei eigentlich nur behindertenwerkstatttauglich. Dorthin wollte ich auf keinen Fall. Leider wird häufig immer noch kein Unterschied zwischen verschiedenen Behinderungen gemacht. Viele Autisten haben zwar im Sozialbereich Probleme oder benötigen eine reizärmere Umgebung, wären aber in einer Werkstatt für behinderte Menschen völlig unterfordert.

Das war ein grundlegendes Problem aller Maßnahmen. Die Teilnehmenden sollen so vorbereitet werden, dass sie hinterher auf dem ersten Arbeitsmarkt einen Job finden können. Doch es gibt keine individuelle Förderung, es wird einfach für alle das Gleiche empfohlen. Jemand wie ich ist da unbequem. Ich bestand zum Beispiel darauf, mich eigenständig zu bewerben und auch die Bewerbungsgespräche allein zu führen. Aber das wollten sie mir nicht erlauben. Sie sahen nicht, dass ich viel eher Unterstützung mit den öffentlichen Verkehrsmitteln auf dem Weg dahin als im eigentlichen Gespräch selbst gebraucht hätte. Ich fühlte mich unverstanden und alles andere als bestärkt oder in irgendeiner Form besser auf das Arbeitsleben vorbereitet.

Psychisch war ich am Tiefpunkt. Am meisten hat mir, denke ich, geschadet, dass man mit mir umging, als würde ich selber nicht verstehen, was ich möchte. So konnte es auf keinen Fall weitergehen.

2. DER
HELFENDE
HUND

EINE GEBRAUCHSANLEITUNG FÜR DEN MENSCHEN

Es gibt noch einen anderen Grund als reine Tierliebe, dass ich mich so gern und viel mit Tieren beschäftigt habe. Vor allem als ich noch jünger war, benutzte ich sie nämlich als eine Art Gebrauchsanleitung für den Menschen. Wenn in einem Buch über Hundetraining erklärt wurde, auf welche Weise man mit seinem Hund kommuniziert, konnte ich darüber besser verstehen, wie das zwischen Menschen funktioniert. Das Tier war für mich eine Brücke, um den Menschen begreifen zu lernen. Tiere kann ich viel besser einordnen als Menschen, weil sie in ihrer Kommunikation sehr klar sind. Sie sind einheitlich in ihrem inneren und äußeren Ausdruck. Ihre Stimmung, Körperhaltung und Verhalten passen zusammen. Sie verstellen sich nicht, wenn sie mal schlecht drauf sind, und zeigen immer ganz deutlich, was sie wollen. Zora kann ich wie ein offenes Buch lesen. Sobald ihr Verhalten auch nur ein wenig von ihrem üblichen abweicht, merke ich das sofort. Vielleicht kann ich Zora sogar besser lesen, als jemand „Normales" das könnte, weil mir jede Kleinigkeit auffällt. Es ist für mich oft einfacher, Zora zu verstehen als meine eigene Mutter. Menschen - auch die, die ich sehr gut kenne - sind in der Lage, viel von ihrem eigentlichen Inneren zu verdecken.

Vor allem die Augen sind ein Problem für mich, denn sie passen häufig nicht mit dem Rest der Mimik zusammen. Die Person kann lachen, etwas Nettes oder Trauriges sagen, aber die Augen verraten das Gegenteil. Jemandem in die Augen zu blicken ist meist sehr unangenehm und verwirrend für mich, deswegen schaue ich immer ganz knapp daran vorbei. Ich weiß nie, wie die Person wirklich drauf ist. Ist sie nun glücklich oder betrübt? Oft muss ich nachfragen.

Ich selbst bin leider auch nicht sonderlich klar in meiner Außenkommunikation. Andere können mich oft nicht einschätzen, weil ich – besonders wenn ich überfordert bin – unbewusst ein Steingesicht aufsetze, an dem man nichts ablesen kann. Wenn doch eine Emotion nach außen dringt, sind das am ehesten Wut oder Aggression. Mein Körper strahlt diese Abwehrhaltung ganz von allein aus, auch wenn das nicht die Emotion ist, die ich gerade fühle. Leider schiebe ich dadurch andere Menschen weg, obwohl mir vielleicht eigentlich zum Heulen zumute ist und ich am liebsten in den Arm genommen werden möchte. Meine Mutter weiß das zum Glück genau. Auch wenn ich patzig werde, lässt sie sich nicht abwimmeln. Und Zora ist genauso. Die ist sogar noch hartnäckiger und hört nicht auf, bis ich schließlich nachgebe. Dann geht es mir auch meistens besser.

ICH VERTAUSCHE AUCH AUS VERSEHEN GEFÜHLE. ZUM BEISPIEL WUT MIT ANSPANNUNG ODER TRAURIGKEIT.

Das passiert mir sowohl bei fremden, aber auch bei meinen eigenen Gefühlen. Diese Art Verdrehung ist teilweise sensorisch. Wenn ich mir wehtue, empfinde ich statt Schmerz oft nur Wut. In vielen Situationen weiß ich dann einfach nicht, wie ich mich verhalten soll, weil ich nicht einschätzen kann, was die dafür passende Stimmung wäre und wie die noch mal aussieht. Ich versuche immer, das Nächstliegende zu treffen, aber ganz oft ist das dann nicht ganz richtig. Dann lache ich beispielsweise in Situationen, in denen man eigentlich weinen würde. Auf andere wirkt meine Reaktion häufig unangebracht und befremdlich.

Das heißt aber nicht, dass ich unempathisch bin! Ich bin ganz häufig sogar emotionaler oder empathischer, als ein Nicht-Autist das wäre. Wenn ich Leid sehe, geht es mir auch total schlecht. Mitgefühl, also Gefühle von anderen nachempfinden zu können, ist ja nicht das Gleiche wie Einfühlungsvermögen, also die Gefühle anderer erkennen zu können! Ich habe oft sogar das Problem, dass ich die Stimmung von anderen Leuten übernehme. Dass also deren Stimmung meine eigene überlagert, bis meine Stimmung dann genauso ist. Das erschlägt mich manchmal regelrecht. Häufig kann ich nicht mal richtig unterscheiden, ob es sich um mein eigenes oder ein fremdes Gefühl handelt, und merke auch meistens zuerst nicht, dass das, was ich fühle, nicht von mir kommt. Dann wundere ich mich, warum ich einen Moment vorher glücklich war und auf einmal richtig schlecht drauf bin.

Wenn die andere Person dann auch noch widersprüchliche Signale aussendet, weil sie sich ihrer eigenen Stimmung nicht bewusst ist oder sich absichtlich verstellt, bekomme ich nichts mehr auseinander. Sich von diesem Alles an Gefühlen abzukapseln, ist echt schwierig.

Am Ende stehe ich da und frage mich, wer ich überhaupt bin.

Doch seitdem Zora da ist, komme ich damit besser zurecht. Zoras bloße Anwesenheit gibt mir Sicherheit und mehr Zutrauen in meine eigenen Gefühle, da ich mich darauf verlassen kann, dass sie merkt, wenn ich mich verspanne, auch wenn mir das selbst nicht auffällt.

Wenn ich nicht weiß, wie ich drauf bin, muss ich nur Zora angucken. Wenn sie nervös ist, dann ist irgendwas mit mir. Ist sie gelassen, weiß ich, es ist alles gut. An ihrem Verhalten können auch andere erkennen, wie es mir geht. Durch Zora lerne ich mich selbst besser verstehen. Sie ist wie ein Spiegel meiner Gefühle.

MANCHMAL KANN ICH
IMMER NOCH NICHT
SO RICHTIG GLAUBEN,
DASS SIE WIRKLICH
DA IST.

ZORA ZIEHT EIN

Ich war inzwischen zwanzig. Ich merkte, dass ich von der Hoffnung Abschied nehmen musste, auf dem Weg, den die Behörden vorgaben, eine Berufsqualifikation zu erreichen. Es war klar, dass ich eine Auszeit brauchte. Aber es war auch klar, dass ich nicht nur zu Hause rumsitzen und nichts tun konnte. Ich brauchte eine Aufgabe, etwas, womit ich mich gut fühlte, Selbstwirksamkeit erleben und Verantwortung übernehmen konnte. Außerdem wollten weder meine Mutter noch ich, dass ich bei ihr wohnen bliebe, bis ich fünfundvierzig wäre und sie ins Altenheim käme. Aber wenn jetzt alles beim Alten bliebe, würde es wahrscheinlich darauf hinauslaufen. Doch woran konnte ich anknüpfen? Wenn man sich ansieht, welche Dinge es waren, an denen ich gewachsen bin und die mich in meiner Entwicklung unterstützt haben, waren das immer diese drei Bereiche: Musik, Werkeln und Tiere. Meine Mutter überlegte. Mit einem Hund an meiner Seite hätte ich jemanden, der mich begleiten würde, wenn ich von zu Hause auszog. Und auch wenn ihr mal etwas passieren würde, wäre ich nicht ganz allein.

Die Idee mit dem Assistenzhund war keine neue. Als ich das erste Mal in die Diagnostik ging, wünschte ich mir, Autismus zu haben und nicht ADHS (Aufmerksamkeitsdefizit-/Hyperaktivitätsstörung), weil ich schon von Autismusbegleithunden wusste. Aber damals gab es immer Gründe, die gegen einen Hund sprachen. Ich ging noch zur Schule und meine Mutter war berufstätig und nach der Schule würde ich eine Ausbildung oder etwas in der Richtung anfangen. Wir hatten nicht genug Zeit für einen Hund. Irgendwann gab ich die Hoffnung auf.

Aber meine Mutter behielt den Gedanken im Hinterkopf. Und als sich abzeichnete, dass es mit der Ausbildung vorerst nichts werden würde, fasste sie einen Entschluss. Wenn andere Kinder ein Auslandsjahr von den Eltern gesponsert bekamen, warum sollte sie mir nicht eine „Hundeerziehungszeit" gönnen?

Der Moment passte. Sie plante selbst gerade ihren Ausstieg aus dem Berufsleben, Zeit wäre also da. Von Dritten wurde das Ganze vor allem kritisch gesehen. War ich denn überhaupt verantwortungsbewusst genug? Wäre die Belastung nicht zu hoch? Aber meine Mutter machte sich keine besonders großen Sorgen. So ein Hund ist ja vor allem eine positive Grundaufgabe. Und sollte es doch schiefgehen, würde sie ihn nehmen können. Also machte sie sich ohne mein Wissen zum Thema Assistenzhunde schlau und stellte mich eines Tages nur noch vor vollendete Tatsachen. Ich konnte es kaum glauben.

Dann ging alles sehr schnell: Ich lernte die Assistenzhundetrainerin, die mich begleiten würde, kennen. Innerhalb von drei Monaten fanden wir eine Züchterin, die unseren Vorstellungen entsprach, und als die Welpen vier Wochen alt waren, fuhren wir sie besuchen. Ich suchte aus zwei für mich infrage kommenden Hündinnen die kleinere aus – und einen Monat später kam Zora schon zu uns nach Hause: ein winziges, flauschiges Hundebaby.

Zora ist **43 cm** groß und wiegt **13 kg.**

Goldendoodle werden **zwischen 11 und 15 Jahre** alt.

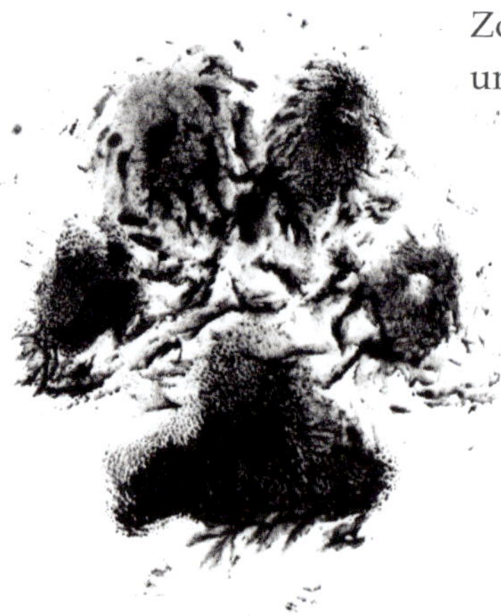

Zora ist ein **Goldendoodle Mini.** Der Goldendoodle ist eine Kreuzung zwischen Golden Retriever und Pudel. Der Name Goldendoodle setzt sich aus Golden (von Golden Retriever) und -oodle (von *poodle*; englisch für Pudel) zusammen.

Zora ist ein **F1B-Mix.** Das heißt, sie ist zu 75 % Pudel und zu 25 % Golden Retriever. Ihre Mutter ist ein Golden Doodle Medium, ihr Vater ein Kleinpudel.

Zora hasst Wasser, das von oben kommt. Im Regen wird sie buchstäblich zum begossenen Pudel. Bei schlechtem Wetter will sie viel lieber auf dem Sofa kuscheln.

Zora liebt Wasser von unten. Erdferkel ist ihr zweiter Vorname – sie verschwindet in jedem noch so matschigen Wasserloch. Dabei vergisst sie dann schon mal, dass sie ein seriöser Hund mit Job ist.

Zoras **Assistenzhundeausweis** habe ich immer dabei. Er ist nicht nur ein offizielles Dokument, mit dem ich mich ausweisen kann, er enthält auch nützliche Informationen für den Fall, dass ich einmal nicht mehr in der Lage sein sollte zu reagieren. Zum Beispiel, dass man Zora und mich auf keinen Fall trennen darf.

Zoras **Weste** zeichnet sie als einen ausgebildeten Assistenzhund aus. Die Weste ist ein Zeichen dafür, dass Zora weiß, wie sie sich in der Öffentlichkeit und in verschiedenen Situationen angemessen verhalten soll.

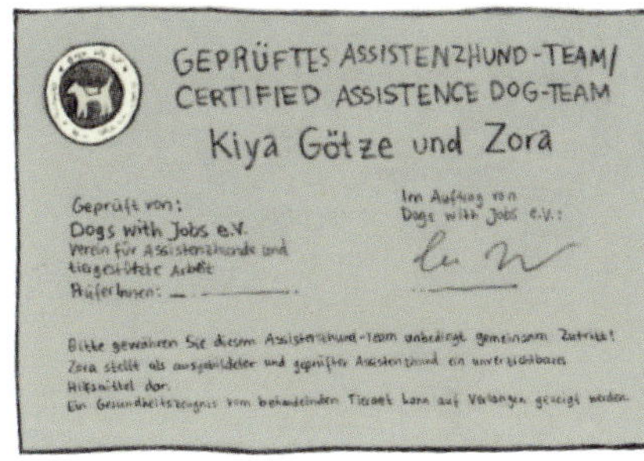

ZORA

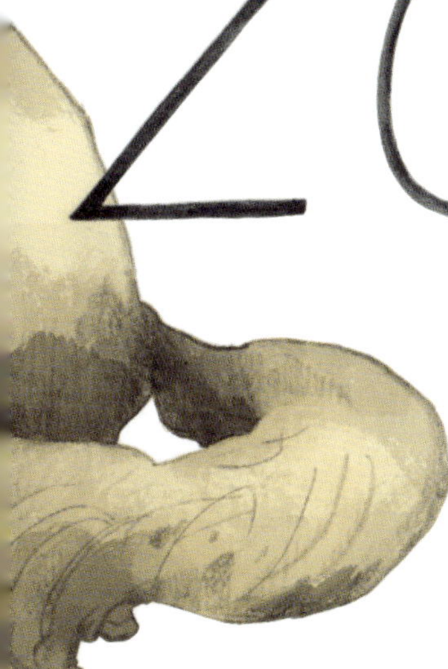

Zora riecht und haart nicht und ist daher **allergikergeeignet**. Allerdings wächst ihr Haarkleid unaufhörlich weiter. Deswegen muss sie gut gepflegt und auch geschoren werden.

Damit Zora überhaupt zu dem Assistenzhund heranwachsen konnte, der sie heute ist, musste einiges passieren. Im Vorfeld mussten wir uns darüber klar werden, welches Einsatzgebiet sie genau haben würde, damit wir nach einem Hund mit geeigneten Rasse- und Charaktereigenschaften suchen konnten. Außerdem musste geklärt werden, welchen Ausbildungsweg wir gehen wollten, und es musste die entsprechende Unterstützung herangezogen werden – und schließlich musste Zora auch noch tatsächlich ausgebildet werden.

BEVOR MAN SICH AUF DIE SUCHE NACH EINEM HUND MACHT, MUSS MAN SICH ÜBER EINIGES BEWUSST WERDEN.

Vor der Aufnahme eines Hundes steht die entscheidende Frage, welche zukünftigen Aufgaben dieser übernehmen soll. Das hat auf einiges Einfluss, zum Beispiel auf die Größe, die der Hund haben darf. Ist der Hund seinen Aufgaben körperlich gewachsen? Soll er seinen Menschen physisch stützen können? Oder ist es wichtiger, dass der Hund auch mal hochgenommen werden kann? Wohin soll der Hund seinen Menschen begleiten? Ich muss Zora überallhin mitnehmen können, daher war ihre Größe ein entscheidendes Kriterium – und als Goldendoodle Mini hat sie eine viel praktischere Größe als ein großer Retriever. So, wie sie ist, kann sie sich viel einfacher beim Arzt unter meinem Stuhl zusammenrollen, als ein großer Hund das könnte. Mischlinge und kleine Hunde sind außerdem generell oft gesünder als ihre großen oder überzüchteten Verwandten. Große Hunde etwa bekommen deutlich häufiger als kleinere Rassen im Alter Knochen- oder Hüftprobleme. Wenn der Hund viel körperliche Arbeit verrichten wird, sollte man das berücksichtigen.

Für Menschen mit Allergien oder einer Bakterienphobie gibt es Hunderassen, die wenig oder gar nicht haaren, zum Beispiel Pudel (ein wirklich hypoallergener Hund existiert nach heutigen Erkenntnissen allerdings nicht).

Auch die Charaktereigenschaften sind wichtig. Im Prinzip kann jeder Hund zum Assistenzhund ausgebildet werden, jedoch sollten die individuellen Fähigkeiten und Bedürfnisse des Hundes zu seinem zukünftigen Job passen. Man macht sich selbst nur unnötig viel Arbeit, wenn man versucht, die angeborenen Charaktereigenschaften des Hundes zu „über-

schreiben", wenn diese nicht zu den Aufgaben als Assistenzhund passen. Man möchte einen Hund, der ausgeglichen und nicht zu ängstlich ist. Er sollte natürlich auch verträglich mit anderen Hunden und nicht zu dominant sein. Hunde mit zu großem Beschützerinstinkt sind häufig aggressiv gegenüber Dritten, wenn sie glauben, dass ihr Mensch in Gefahr ist. Assistenzhunde hingegen sollen nur ruhig und freundlich Abstand schaffen.
Durch die Auswahl der Hunderasse kann man die Wahrscheinlichkeit erhöhen, dass der Hund sich gut macht. Labrador Retriever, Golden Retriever, Pudel, Goldendoodle oder Collies sind sehr beliebte Assistenzhunde, weil sie lernwillig, umgänglich, seelisch sowie körperlich belastbar sind.

Ob ein Hund auch individuell den richtigen Charakter hat, eine gute Sozialisation und Umweltgewöhnung mitbringt, wird in einer Eignungsprüfung noch vor der eigentlichen Ausbildung getestet, wenn der Hund zwölf bis fünfzehn Monate alt ist. Die Ausbildung früher anzufangen wird nicht empfohlen, denn obwohl man bei einem Welpen zwar Tendenzen erkennen kann, sind diese noch nicht gut genug ausgeprägt, um seine Charakterzüge zuverlässig einschätzen zu können. Auch Hunde aus dem Tierheim werden nur ungern genommen, weil man nie mit Sicherheit weiß, was sie schon erlebt haben. Der Hund darf außerdem noch kein Training zum Schutz-, Wach- oder Herdenschutzhund absolviert haben.

Egal wie sehr man sich einen Hund wünscht – man sollte in jedem Fall den Therapieeffekt mit dem Aufwand und den Kosten für die Versorgung und Pflege des Hundes gut abwägen. Der Hund hat es verdient, dass man sich Gedanken darüber macht, was im Alter aus ihm werden soll, wenn er nicht mehr arbeiten kann. Schließlich ist er zuallererst ein fühlendes Lebewesen und erst dann Hilfsmittel.

Man kann also schon im Vorfeld einige spätere Probleme durch kluge Vorentscheidungen vermeiden. Ein bisschen Risiko ist natürlich immer dabei – aber bei Zora hatten wir sogar das riesengroße Glück, dass sie in vielen Punkten unsere Vorstellung noch übertroffen hat!

WELCHE ASSISTENZHUNDEARTEN GIBT ES?

Ein Assistenzhund ist ein ständiger Begleithund für Menschen mit körperlichen, geistigen oder seelischen Einschränkungen, der ihnen helfen soll, ihren Alltag leichter zu bewältigen. Es gibt offiziell fünf verschiedene Assistenzhundearten mit unterschiedlichen Einsatzbereichen, die sich aber häufig überschneiden, denn die Ausbildung eines Assistenzhundes ist an die individuellen Bedürfnisse und Fähigkeiten seines Menschen angepasst. Für die Einordnung des Hundes gilt dann der Schwerpunkt seines Einsatzgebietes.

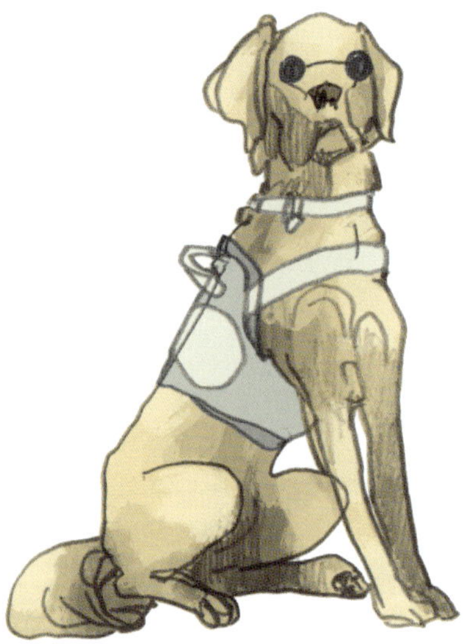

Der bekannteste Assistenzhund ist wohl der **Blindenführhund**. Ein Blindenführhund hilft Menschen mit visuellen Wahrnehmungsbeeinträchtigungen, sich im Alltag zu orientieren. Er erkennt stellvertretend für seinen Menschen Hindernisse und führt ihn um diese herum oder zeigt sie an. Besonders ist, dass der Hund Befehle seines Halters verweigert, wenn dieser dadurch in Gefahr gebracht würde, beispielsweise beim Überqueren einer Straße. Das nennt man „intelligente Gehorsamsverweigerung".

Ein **PSB-Assistenzhund** unterstützt Menschen mit psychosozialen Beeinträchtigungen. Er ist in erster Linie eine soziale und emotionale Stütze für seinen Halter. Er bringt Struktur in den Alltag und kann darüber hinaus unterschiedliche aktive Therapieübungen oder Hilfeleistungen geben, zum Beispiel Übungen zum Schulen der Koordination oder Herausführen aus einer Menschenmenge bei Panikattacken. Er kommt bei Ängsten und Phobien, Menschen mit Posttraumatischer Belastungsstörung, ADHS oder Autismus zum Einsatz.

Ein **Warn- oder Anzeigeassistenzhund** soll – möglichst im Vorfeld – auf Gefahrensituationen hinweisen. Der Hund nimmt Änderungen im Verhalten oder Geruch seines Menschen wahr und reagiert darauf, sodass dieser Medikamente einnehmen oder sich anderweitig Hilfe suchen kann. Außerdem unterstützt der Hund während und nach einem Vorfall, etwa indem er anhaltend bellt, einen Notrufknopf drückt oder selbstständig Hilfe holt. Solche Hunde kommen unter anderem bei Diabetikern, Asthmatikern, Allergikern, Epileptikern oder Menschen mit Herzinfarktrisiko zum Einsatz, bei denen sie eine Unterzuckerung oder einen Anfall anzeigen sollen.

Ein **Signalassistenzhund** ist dafür zuständig, Schwerhörigen oder Gehörlosen bei Geräuschen Bescheid zu geben, sie gegebenenfalls dorthin zu führen oder auch zu warnen.

Ein **Mobilitätsassistenzhund** kann einen Menschen mit motorischen Beeinträchtigungen unterstützen, zum Beispiel einen Menschen im Rollstuhl. Zu seinen Aufgaben zählt etwa, heruntergefallene Gegenstände für ihn aufzuheben, beim Aufstehen oder beim Ausziehen von Kleidung zu helfen.

ALLE ASSISTENZHUNDE SIND ZUGLEICH SEELISCHE STÜTZE UND SOZIALE KONTAKTBRÜCKE.

ANDERE HUNDE MIT BERUF

Therapiehunde sind professionell ausgebildete Hunde, die im medizinischen Bereich tätig sind. Sie kommen zusammen mit pädagogischen Fachkräften zum Einsatz und werden gezielt im Rahmen medizinischer Behandlungen als Teil eines therapeutischen Konzepts eingesetzt. Der Hund soll durch seine Anwesenheit und Interaktion mit dem Menschen eine positive Auswirkung auf dessen physische und psychische Gesundheit haben. Das nennt sich „tiergestützte Therapie". Im Gegensatz zum Assistenzhund ist ein Therapiehund kein ständiger Begleiter eines einzelnen Menschen. Er wird immer nur für eine begrenzte Zeit und innerhalb der therapeutischen Sitzung eingesetzt. Seine Bezugsperson ist nicht der Hilfesuchende, sondern der Therapeut.

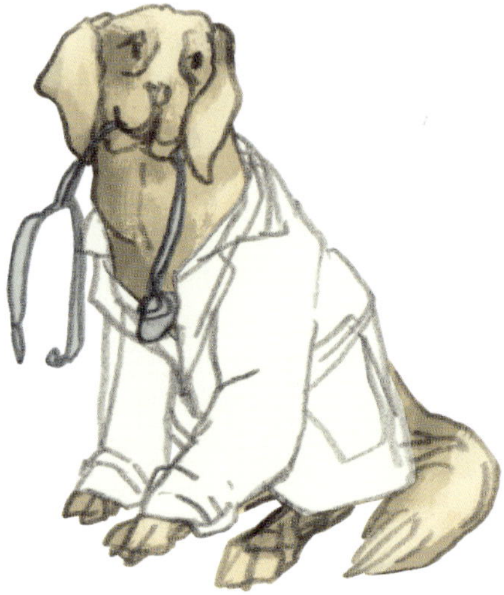

Ein **Besuchshund** soll ganz allgemein das Wohlbefinden von Menschen verbessern. Er besucht mit seinem Besitzer Einrichtungen wie Altenheime, Behinderteneinrichtungen, Krankenhäuser, Psychiatrien, Schulen oder Kindergärten, aber auch Menschen im Einzelkontakt. Ein Besuchshund hilft durch seine bloße Anwesenheit, manchmal auch durch Körperkontakt oder Spielen. Für seine Eignung als Besuchshund muss er eine Prüfung absolvieren. Für spezifischere Ziele ist er jedoch nicht ausgebildet. Er ist also sozusagen die „Light-Version" eines Therapiehundes.

Emotional Support Animals (oder emotionale Stütztiere) kennt man vor allem aus den USA, während sie in Deutschland so gut wie nicht vorkommen. Ein emotionales Stütztier kann ein Tier jeder Art sein, das eine gesundheitsfördernde, stabilisierende und motivierende Wirkung auf eine bestimmte Person hat. Emotionale Stütztiere werden nicht eigens zur Erfüllung bestimmter Aufgaben geschult. Sie sind daher weder offiziell anerkannt noch haben sie besondere Rechte. Sie dürfen nicht mit Servicehunden wie Assistenz- oder Therapiehunden verwechselt oder verglichen werden, die eine entsprechende Ausbildung durchlaufen haben.

Gebrauchshunde sind Hunde, die für ganz bestimmte Tätigkeiten eingesetzt werden. Sie werden etwa bei der Jagd, bei Katastrophen, zur Drogensuche, bei der Suche nach verschwundenen Menschen oder bei Lawinenunglücken eingesetzt. Die erwünschten körperlichen und charakterlichen Eigenschaften und Merkmale sowie die Ausbildung richten sich spezifisch nach dem jeweiligen Einsatzgebiet des Hundes.

Gebrauchshunde, die speziell für den Staatsdienst ausgebildet werden, nennt man **Diensthunde**. Sie arbeiten zum Beispiel bei Polizei, Zoll und Militär.

ZORA, DAS NATURTALENT

Bevor ein Hund als Assistenzhund arbeiten darf, muss er ausgebildet werden – und auch der Mensch muss natürlich lernen, wie er mit seinem Hund zusammen ein Team wird. Es gibt verschiedene Wege, einen Assistenzhund auszubilden.

Eine Möglichkeit ist, dass man mithilfe eines zertifizierten Trainers einen Welpen aussucht, der die ersten anderthalb Jahre bei einer Pflegefamilie aufwächst. Manche Trainer bilden die Hunde auch stationär aus, das heißt in einem Ausbildungszentrum oder sogar bei ihnen selbst zu Hause. In dieser Zeit wird der Hund an seine späteren Aufgaben herangeführt. Erst wenn er alt genug und mit den meisten seiner Aufgaben vertraut ist, kommt er zu dem Menschen, dem er später helfen soll. Dann werden beide zusammen eingearbeitet.

Es gibt außerdem verschiedene spendenfinanzierte Ausbildungszentren, die behinderten Menschen die Ausbildung eines Assistenzhundes finanzieren. Wenn man infrage kommt, wird ein passender Hund und begleitender Trainer ausgewählt.

Ein weiterer Weg ist die Selbstausbildung unter professioneller Begleitung durch einen Trainer. In diesem Fall lebt der Hund von Anfang an zu Hause bei seinem Menschen und wird von diesem mit der Unterstützung eines Assistenzhundetrainers selbst ausgebildet. Dafür entschieden wir uns. Die Organisation, mit der wir (auch immer noch) zusammenarbeiten, heißt Dogs With Jobs.
Ein Grund für die Selbstausbildung war der Kostenfaktor, denn einen ausgebildeten Assistenzhund bekommt man erst ab 25.000 Euro. Da wir diesen Part selbst übernahmen, kostete es uns ungefähr 5.000 Euro (wobei darin weder Haltungskosten, Anschaffungskosten oder Zubehör enthalten sind). Inzwischen liegt auch die Selbstausbildung bei etwas mehr. Ein guter Trainer erstellt zu Beginn einen Kostenvoranschlag, der auf die eigenen Bedürfnisse zugeschnitten ist und die späteren Aufgaben des Hundes berücksichtigt.

WIR ENTSCHIEDEN UNS NOCH AUS EINEM ANDEREN GRUND FÜR DIE SELBSTAUSBILDUNG. ICH WOLLTE NÄMLICH MÖGLICHST VIEL VON ANFANG AN SELBST MACHEN UND MITBESTIMMEN DÜRFEN.

Meine Mutter hielt sich im Hintergrund. Ich übernahm die volle Verantwortung für Zora, musste sie versorgen, aufpassen, dass sie keinen Blödsinn anstellte, und Tag und Nacht alle zwei Stunden mit ihr nach draußen, weil ein kleiner Hund ja die Blase noch nicht so lange halten kann. Die erste Zeit schlief ich angezogen und mit Turnschuhen an den Füßen auf einer Matratze auf dem Boden, weil Zora noch zu klein war, um auf mein Bett zu springen, und damit ich merkte, wenn sie zum Pinkeln wach wurde. Erst als sie nach etwa einem Monat endlich stubenrein war, ging meine Mutter mal morgens mit ihr spazieren, damit ich eine Ruhepause bekam. Aber natürlich musste sie sich immer ganz genau an meine Anweisungen halten.

Auch vom Training hatte ich eine sehr genaue Vorstellung. Meine Mutter war überrascht, wie viel ich schon über Hundeerziehung wusste. Sie hatte auch ein paar Bücher zu dem Thema durchgelesen, aber immer wenn sie mir etwas davon erzählen wollte, wusste ich das schon. Das Wissen habe ich mir selbst angeeignet. Ich kannte mich durch die vielen Sachbücher zum Thema Hund ja ohnehin schon gut aus, aber als klar war, dass ich Zora bekommen würde, habe ich noch zielgerichteter recherchiert. So stellte ich mir einen eigenen Erziehungsstil für meine Hündin zusammen. Man muss selbstverständlich abwarten, wie sich der Hund entwickelt und was er für eine Persönlichkeit hat, und dann die Erziehung daran anpassen. Vieles, was ich mir überlegt hatte, klappte gut mit Zora, anderes musste ich auslassen oder abändern. Aber im Großen und Ganzen funktionierte es so, wie ich es mir vorgestellt hatte.

Natürlich war ich nicht komplett alleine. Meine Trainerin kam regelmäßig zu uns nach Hause oder wir trafen uns an einem vereinbarten Ort, an dem wir gemeinsam übten. Außerdem nahmen wir an Gruppenstunden mit anderen zukünftigen Assistenzhunden teil. Ich mochte meine Trainerin von Anfang an. Sie wusste viel zum Thema Autismus und machte keine doofen Kommentare dazu. Stattdessen stellte sie ganz gezielt Fragen zu meiner persönlichen Situation und wusste dann auch genau, welche Dinge wir Zora beibringen mussten, damit sie mich richtig würde unterstützen können. Vor allem nahm sie mich von Anfang an ernst und traute mir einiges zu. Zusätzlich zu den Stunden mit meiner Assistenzhundetrainerin besuchten wir die reguläre Hundeschule. Die beiden Trainerinnen kannten sich und sprachen unser Training miteinander ab. Dann wurde das, was in der einen Stunde nicht geklappt hatte, in der anderen wieder aufgegriffen.

Das Üben zu Hause übernahm ich komplett selbst. Das ist auch bei einer Selbstausbildung nicht immer üblich. Oft ist ein Teil der Ausbildung teilstationär, was bedeutet, dass der Trainer bestimmte Aufgaben allein mit dem Hund einübt, während der Besitzer nicht dabei ist. Erst wenn der Hund die Aufgabe beherrscht, wiederholt man diese als Team. Für mich war das allerdings kein Problem. Auch schwierigere Sachen, wie Zora das Begleiten im Laden beizubringen, habe ich mir von Anfang an selbst zugetraut. Bei einigen Übungsteilen sah unser ursprünglicher Plan vor, meine Mutter im Vorfeld mit Zora üben zu lassen. Wenn ich zum Beispiel eine Panikattacke bekomme, soll Zora mich an einen sicheren Ort ziehen, etwa aus dem Supermarkt nach draußen. Wir dachten, dass ich ihr das ja nur sehr schwierig allein beibringen könnte. Aber ich habe es doch geschafft – einfach indem wir übten, wenn ich gerade sicher war.

So viel selbst zu machen kann natürlich nicht jeder Mensch leisten, der einen Assistenzhund braucht. Es müssen ja gerade die Situationen geübt werden, für die der Hund eine Stütze sein soll.

Aber Zora hat mir die Ausbildung insgesamt sehr leicht gemacht.

Viele Sachen mussten wir ihr auch gar nicht beibringen, die brachte sie von allein mit.

Sie ist ein kleines Naturtalent.

In den Gruppenkursen war sie in vielen Punkten schon viel weiter, als die meisten anderen Assistenzhunde es in dem Alter sind. Das lag auch daran, dass ich so viel mit ihr vorarbeitete. Damit meine ich nicht, dass ich sie bewusst mehr trainiert oder mehr von ihr verlangt hätte als normal – dass Zora nicht überfordert wurde, hatte unsere Trainerin ganz genau im Blick. Sie war so weit, weil sie bei mir zu Hause aufwuchs und ich sie von Anfang an überallhin mitnahm. So lernte sie viele Situationen, die einem Assistenzhund sonst erst im Training begegnen, ganz nebenbei schon kennen. Ich ging mit ihr einkaufen, wir waren im Baumarkt und bei IKEA, sind Bus und Bahn gefahren und durch Menschengedränge gelaufen. Meistens saß sie im Rucksack, denn sie durfte als Welpe ja noch nicht so viel laufen. Indem wir den Alltag zusammen erlebt haben, fiel vieles im späteren Training weg.

Außerdem hat die Tatsache, dass Zora ein Assistenzhund werden soll, so glaube ich, dazu geführt, dass ich von Beginn an extrem konsequent in der Erziehung war – noch konsequenter, als ich es ohnehin gewesen wäre. Nicht in dem Sinne, dass sie schon Sachen machen musste, die noch nicht altersgemäß waren, aber insofern, dass ich darauf geachtet habe, dass die Sachen, die ich ihr beibringe, auch wirklich sitzen.

Mir war zum Beispiel wichtig, dass Zora früh lernen sollte, über alle möglichen Untergründe zu laufen. Viele Hunde haben Angst vor unbekannten Oberflächen oder rutschen auf glatten Böden aus, weil sie sie nicht gewöhnt sind. Wir übten das sehr geduldig, denn ein Assistenzhund muss auf jedem Untergrund sicher sein und auch mal schnell darauf laufen können – ganz besonders, wenn sein Mensch das selber nicht gut kann. Ich hasse Brücken über alles. Wenn ich über eine laufe, wird mir sofort schlecht, besonders wenn man den Boden sehen kann oder noch schlimmer Wasser! Da mache ich gern die Augen zu und überlasse Zora die Führung.

ÜBRIGENS WAR ZORA ZWAR EIN KLEINES NATURTALENT, ABER AUCH EIN RICHTIGES FRÜCHTCHEN...

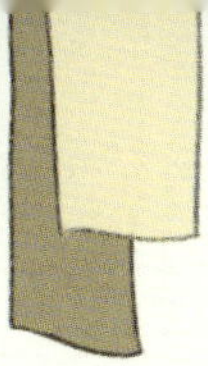

Nachts fraß sie mir buchstäblich die Haare vom Kopf. Unser Schuhregal zerlegte sie mit Begeisterung. Und ich musste mir ganz schnell abgewöhnen, jegliche Form von Essen unbeaufsichtigt herumstehen zu lassen.

ZWEI
FEL

Natürlich hatte ich Angst, es nicht zu schaffen. Die ersten Wochen waren eine Achterbahnfahrt der Gefühle. Da war auf einmal dieses neue kleine Wesen, um das ich mich jetzt kümmern musste. Für das ich verantwortlich war. So eine große Verpflichtung kann ganz schön überwältigend sein.

Vor allem die Welpenzeit war anstrengend. Wir waren noch nicht aneinander gewöhnt, und ein Welpe ist in den ersten Wochen genauso bedürftig wie ein Menschenbaby - allerdings zusätzlich mit spitzen Milchzähnchen ausgestattet, die Widerhaken haben. Welpen müssen erst noch lernen, wie man miteinander kommuniziert, sie können sich noch nicht so gut artikulieren wie erwachsene Hunde. Da hatte ich anfangs immer mal wieder Sorge, dass ich meinen Hund niemals verstehen lerne oder dass er niemals erwachsen wird. Ich dachte oft, das schaffe ich nicht, ich muss sie wieder zurückgeben. Aber schon in der zweiten Woche hatten wir uns aneinander gewöhnt. Ich habe lange nicht mehr so viel und so frei gelacht wie über Zora in ihrer Welpenzeit. Es war einfach zu lustig, wie dieser kleine Fellball herumgekugelt ist und mitzuerleben, was sie für einen Quatsch macht.

Panik bekam ich erst wieder vor den Prüfungen. Wir wurden zwar von allen Seiten ständig gelobt und Zora hat wirklich schnell gelernt, aber die Angst kam doch. Bei der Leinenbefreiungsprüfung, der Eignungsprüfung, bei der Theorieprüfung und auch bei der Endprüfung … Ich hatte solche Angst durchzufallen, dass ich teilweise krank wurde. Aber die ganze Anstrengung hat sich mehr als gelohnt. Wir haben nicht nur bestanden - wir schlossen jede einzelne Prüfung mit Bestnoten ab. Zora lässt sich so gut wie nie aus der Ruhe bringen, sie läuft genauso souverän über Glasböden wie über Schotterpisten und hat einen absolut vorbildlichen Grundgehorsam. Ich hätte mir gar keine Sorgen machen müssen. Tatsächlich ist es ein sehr schönes Gefühl, einmal in meinem Leben ein (erfolgreicher) Streber zu sein.

Sowohl Assistenzhund als auch Mensch-Hund-Gemeinschaft müssen eine Ausbildung absolvieren. Diese kann entweder komplett durch eine zertifizierte Ausbildungsstätte oder begleitet durch diese erfolgen.

1. STATIONÄRE AUSBILDUNG ODER FREMDAUSBILDUNG

Komplette Vorausbildung des Hundes bei einem Trainer oder einem spendenfinanzierten Ausbildungszentrum, erst danach gemeinsame Einschulungsphase mit dem Menschen.
Kosten: ab 25.000 Euro

2. SELBSTAUSBILDUNG

Der Hund wohnt von Anfang an bei dem Assistenznehmer und wird von ihm mit Unterstützung einer Ausbildungsstätte selbst ausgebildet.
Kosten: ab 7.000 Euro

3. TEILSTATIONÄRE AUSBILDUNG

Mischung zwischen stationärer und Selbstausbildung. Der Hund wird stundenweise vom Trainer allein trainiert. Betreuung und Vortraining erfolgen nach Bedarf.
Kosten: individuell

ZIELE & INHALT

- Schulung des **Sozial- und Umweltverhaltens**
- **Gehorsam** des Hundes (Grundkommandos/ Grundgehorsam)
- grundlegende und spezifische **Hilfeleistungen** (Assistenzhundeaufgaben)
- langfristiges **Funktionieren der Mensch-Hund-Gemeinschaft** (Mensch-Tier-Kommunikation, eine sichere Bindung, Grundwissen über gesetzliche Regelungen, Hundekunde und artgerechte Haltung ...)

EIN FERTIG AUSGEBILDETER ASSISTENZHUND ...

- ist ein **speziell ausgebildeter Hund**, der einem Menschen mit Behinderungen eine selbstbestimmte **Teilhabe am gesellschaftlichen Leben ermöglicht**, erleichtert oder behinderungsbedingte Nachteile ausgleicht.
- muss zusammen mit seinem Menschen (als Mensch-Hund-Gemeinschaft) **zertifiziert** werden (Hunde, deren Ausbildung vor dem Inkrafttreten der gesetzlichen Regelungen stattfand oder die im Ausland ausgebildet wurden, müssen ein Anerkennungsverfahren durchlaufen).
- muss als solcher **gekennzeichnet** sein.
- muss **haftpflichtversichert** sein.
- muss in seinem **Wesen, Alter und Gesundheit** geeignet sein.
- muss **registriert** und **gechipt** sein.
- muss seinem Menschen nachweislich **Hilfeleistungen** erbringen.
- muss **artgerecht gehalten werden**. Kann der Mensch mit Beeinträchtigung dies nicht leisten, muss eine weitere Bezugsperson eingebunden werden, die in diesem Fall dann auch Halter des Hundes wird.

Zora hat verschiedene Aufgaben, die sie für mich erledigt. Sie begleitet mich vierundzwanzig Stunden am Tag, sieben Tage die Woche. Sie ist in jeder Situation dabei, beim Arzt, beim Einkaufen oder wenn ich auf der Straße unterwegs bin. Sie hilft mir, entspannt zu bleiben. Vor Zora bin ich fast zwei Jahre lang nicht mehr allein einkaufen gegangen, weil ich die vielen Eindrücke um mich herum nicht ausblenden konnte. Schon als Welpe war Zora eine so große Hilfe, dass ich wieder in Geschäfte gehen konnte. Sie ersetzt meinen fehlenden Reizfilter. Ich kann mich nur auf sie konzentrieren, sodass alles andere einfach an mir abprallt. Sie hält auch aktiv andere Menschen von mir fern. Wenn ich etwa im Supermarkt in der Schlange stehe, sitzt sie ungefähr einen Meter hinter mir, damit mir niemand zu nah kommt. Ich habe einen ziemlich weiten Radius zu fremden Leuten und sie hat diesen im Kopf. Wenn jemand diese Grenze überschreitet, geht sie dazwischen. Dabei wird sie überhaupt nicht aggressiv, sie stellt sich einfach nur hin und weigert sich wegzugehen. Ich muss ihr dafür kein Kommando geben, sie macht das selbstständig. Das ist eine der Sachen, die sie schon als Welpe von sich aus angeboten hat und die ich dann in der Ausbildung nur weitergeführt habe.

Zoras bloße Anwesenheit senkt die Wahrscheinlichkeit, dass ich in einen Overload rutsche. Sie wirkt wie mein äußerlicher Reizfilter, wodurch ich sensorisch nicht mehr so schnell überlastet bin. Ihr Atmen, ihr warmer Körper und ihr Herzschlag lassen mich herunterfahren. Und emotional bin ich ruhiger, weil ich ja weiß, dass jemand da ist, der auf mich aufpasst und mich nicht allein lässt. Ich muss mich nicht noch darum sorgen aufzudröseln, wie es mir gerade geht, weil sie mir meinen Gemütszustand spiegelt. Durch sie bin ich außerdem gezwungen, selbstfürsorglicher zu sein. Ich lege automatisch mehr Pausen ein, weil sie welche braucht. Zora muss auch dann nach draußen, wenn ich mal keine Lust habe und allein nicht gehen würde.

Es kommt trotzdem noch vor, dass ich überlastet bin, und auch dann hilft Zora mir. Sie kann riechen, wenn mein Stresslevel steigt und ich kurz vor einem Anfall stehe. Dann geht sie in Aktion. Sie ist direkt bei mir, kratzt an meinem Rücken oder an meinem Bein, springt mich teilweise an oder bellt. Oder sie lenkt mich ab, indem sie anbietet, mit mir zu spielen, damit ich mich auf sie konzentriere und mit den Gedanken nicht wieder abdrifte – und vielleicht sogar lachen muss.

Sind wir unterwegs, übernimmt sie die Führung, wenn ich das nicht mehr kann. Wenn sie bemerkt, dass ich unruhig werde, minimiert sie meine Hektik. Dazu verringert sie einfach das Tempo beim Gehen oder bleibt komplett stehen. Auf das Kommando „Ausgang" zieht sie mich schnurstracks aus einem Laden, ohne sich ablenken zu lassen. Wenn sie merkt, dass es zu schlimm wird, macht sie das auch von allein. Sie führt mich zur nächsten Bank oder irgendwohin, wo ich ein wenig abgeschirmt bin und mich hinsetzen kann, bevor eine Panikattacke oder ein Krampfanfall kommt und mir die Beine mitten auf der Straße wegklappen.

Wenn ein besonders heftiger Anfall bevorsteht, zeigt sie diesen an, indem sie mich anstarrt und auf nichts und niemanden mehr reagiert. Man kann ihr Kommandos geben, man kann sie streicheln, man kann ihr Leckerlis geben – sie reagiert dann nicht mehr, weder auf mich und schon gar nicht auf Fremde.

Hunde merken schon weit im Vorfeld, dass bald etwas passiert, entweder am Geruch oder weil sie unsere Körpersprache so gut lesen können. Ein menschlicher Assistent oder auch technische Hilfsmittel könnten das niemals leisten.

Deswegen sind Anzeigehunde auch so praktisch für Diabetiker, Epileptiker oder Asthmatiker. Auch Zora zeigt oft schon an, bevor ich selbst etwas merke. Anfangs habe ich noch gedacht, der Hund spinnt, ich habe doch gar nichts. Aber sie hat leider immer recht. Ihr Rekord liegt bei einer Woche im Voraus!

Manchmal schaltet mein Gehirn sich ab oder beschäftigt sich anderweitig. Dann bin ich einfach raus und merke nicht mal, wenn man mit mir spricht. In solchen Fällen macht Zora mich darauf aufmerksam, wenn das Telefon klingelt oder es an der Tür schellt oder wenn die Zeitschaltuhr vom Backofen piept. Sie läuft dann zur Geräuschquelle, kratzt, kommt wieder zu mir und bellt mich an, bis ich es mitbekomme. Inzwischen kann sie mir außerdem eine Tasche mit Medikamenten und kleinen Skills bringen. Das Apportieren mussten wir intensiv üben. Es ist etwas, für das sie ein wenig länger gebraucht hat. Aber inzwischen bringt sie gern meine Hausschuhe und trägt auch schon meinen Schlüsselbund. Hieran ist ein Stoffteil befestigt, das sie mühelos ins Maul nehmen kann.

Sie kann mir auch direkt mit ihrem Körper helfen, damit ich mich wieder spüre, und zwar, indem sie sich auf mich drauflegt. Meistens bettet sie sich auf meine Oberschenkel oder auf die Brust, immer mit ihrem ganzen Gewicht. Die Schwere beruhigt mich. Ich habe eine Gewichtsdecke, die ähnlich wirkt. Aber oft kann ich die gerade nicht holen, wenn ich sie bräuchte. Zora ersetzt das dann. Sie macht das auch, wenn ich schlafe. Nachts liegt sie eigentlich immer zu meinen Füßen, aber wenn ich unruhig werde oder ich Nasenbluten oder einen Krampfanfall bekomme, wache ich davon auf, dass sich da auf einmal ein Hund mit seinen dreizehn Kilo auf meinen Brustkorb legt. Mit ihrem Körper und ihrem Gewicht bildet sie eine Brücke zwischen der echten Welt und meinem Inneren. Diese Brücke merke ich auch in Bezug zu meinen menschlichen Kontakten.

ZORA GIBT MIR SO VIEL SICHERHEIT, DASS ICH BINDUNG BESSER ZULASSEN KANN.

Das macht sie einerseits, weil sie viele unnötige Reize für mich abblockt, sodass ich überhaupt den Kopf frei für andere Menschen habe. Aber vor allem nimmt sie mir viel von dem Druck, immer richtig funktionieren zu müssen. Ich kann gar nicht richtig ausdrücken, wie schön es ist, immer jemanden um mich herum zu haben, der mich so akzeptiert, wie ich bin. Jemand, von dem ich sicher weiß, dass er da sein möchte. Zora stellt keine Ansprüche an mich, sie verurteilt mich nicht und sie lügt mich nicht an. Wenn sie mir zeigt, dass sie sich freut, mich zu sehen, dann freut sie sich ehrlich. Das macht es für mich einfacher, das auch bei Menschen anzunehmen.

ZORAS AUFGABEN
DAUERBEGLEITUNG
Tag und Nacht
BERUHIGEN bei Reizüberflutung und
UNTERBRECHEN VON OVERLOADS
(durch Körperkontakt suchen, z.B. auf die
Brust oder auf die Beine legen,
anspringen, kratzen, lecken, bellen...)
STOP
ABSCHIRMEN in der Öffentlichkeit

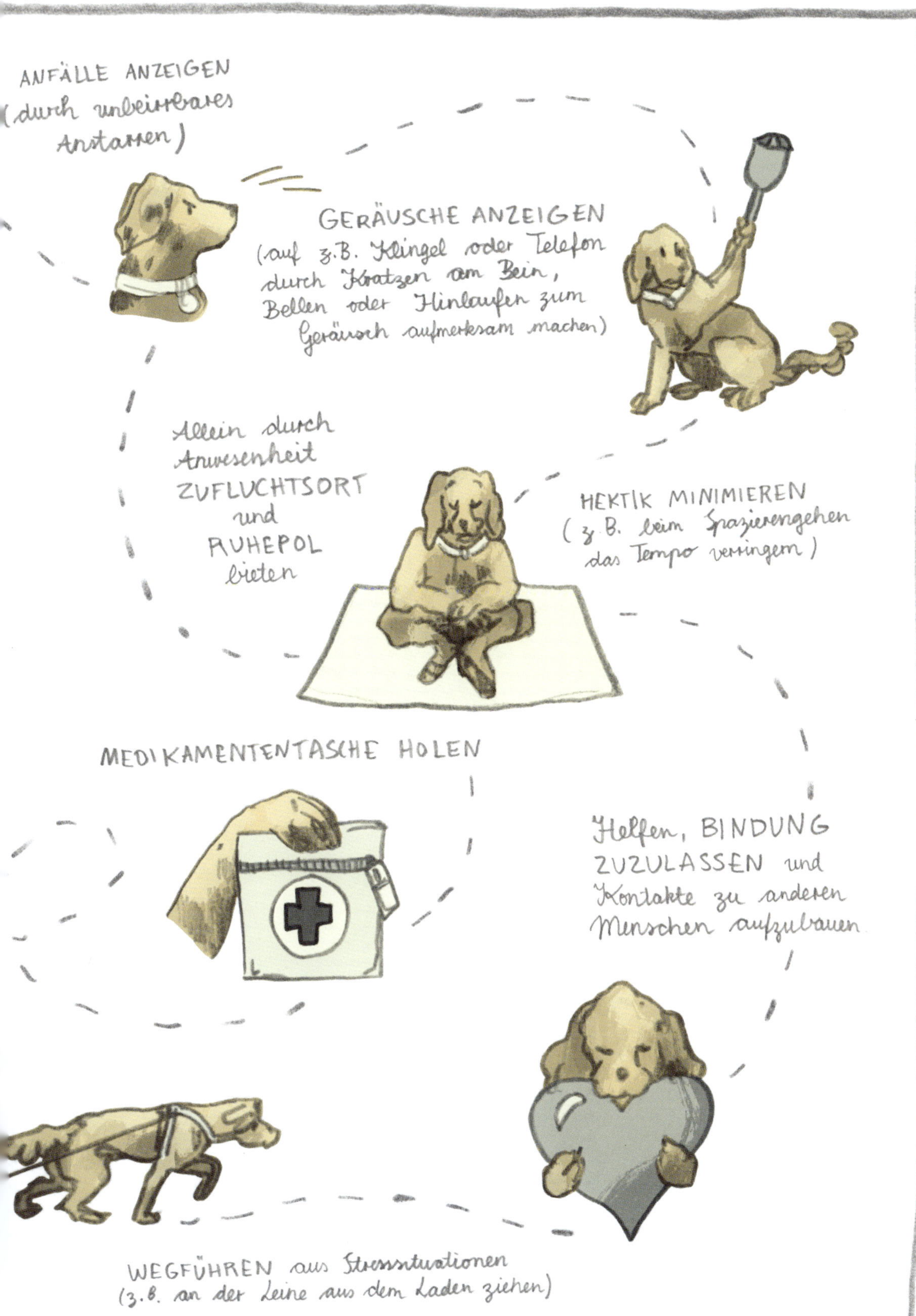
ANFÄLLE ANZEIGEN
(durch unbeirrbares Anstarren)
GERÄUSCHE ANZEIGEN
(auf z.B. Klingel oder Telefon durch Kratzen am Bein, Bellen oder Hinlaufen zum Geräusch aufmerksam machen)
Allein durch Anwesenheit ZUFLUCHTSORT und RUHEPOL bieten
HEKTIK MINIMIEREN
(z.B. beim Spazierengehen das Tempo verringern)
MEDIKAMENTENTASCHE HOLEN
Helfen, BINDUNG ZUZULASSEN und Kontakte zu anderen Menschen aufzubauen
WEGFÜHREN aus Stresssituationen
(z.B. an der Leine aus dem Laden ziehen)

DIENST UND FREIZEIT

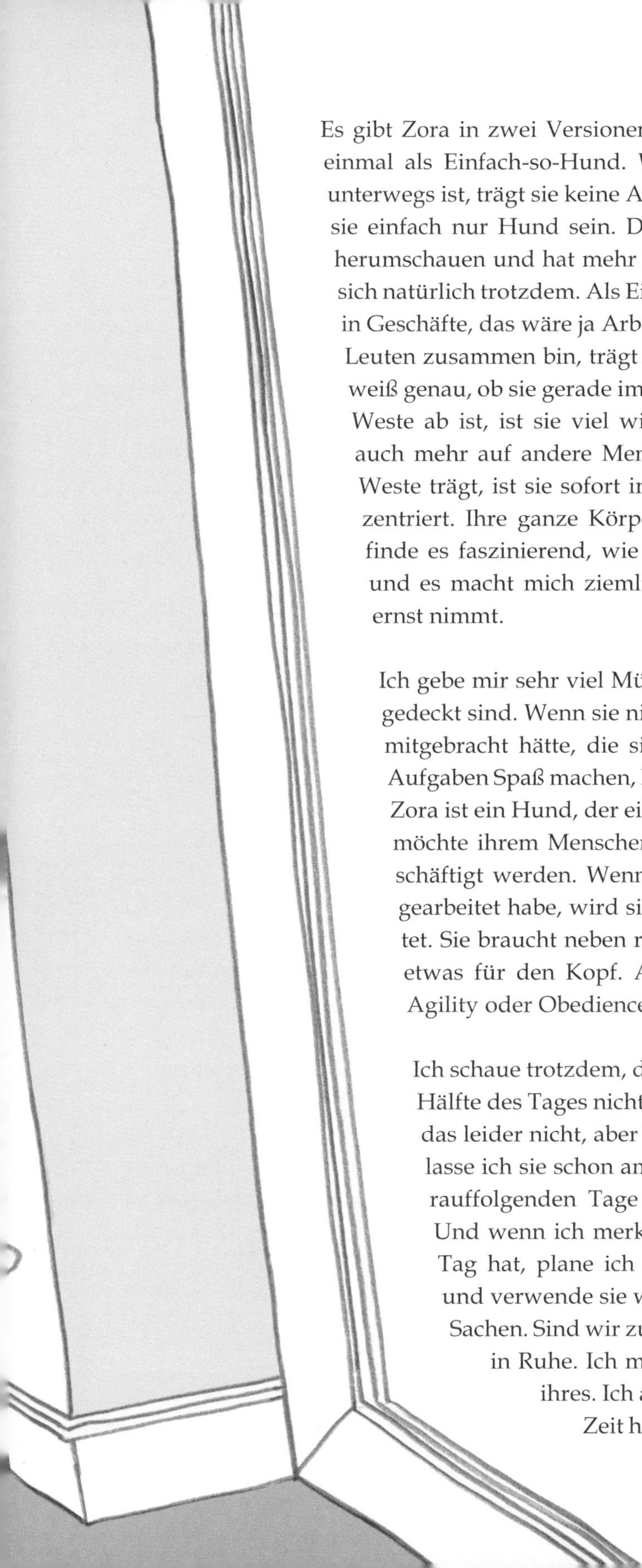

Es gibt Zora in zwei Versionen. Einmal als Arbeitshund und einmal als Einfach-so-Hund. Wenn sie als Einfach-so-Hund unterwegs ist, trägt sie keine Assistenzhundeweste. Dann darf sie einfach nur Hund sein. Dann kann sie schnuppern und herumschauen und hat mehr Freiheiten. Benehmen muss sie sich natürlich trotzdem. Als Einfach-so-Hund gehen wir nicht in Geschäfte, das wäre ja Arbeit. Auch wenn ich mit anderen Leuten zusammen bin, trägt sie die Weste meist nicht. Zora weiß genau, ob sie gerade im Dienst ist oder nicht. Wenn die Weste ab ist, ist sie viel wilder und verspielter und geht auch mehr auf andere Menschen zu. Aber sobald sie die Weste trägt, ist sie sofort im Arbeitsmodus und hochkonzentriert. Ihre ganze Körpersprache ist dann anders. Ich finde es faszinierend, wie deutlich der Unterschied ist – und es macht mich ziemlich stolz, dass sie ihren Job so ernst nimmt.

Ich gebe mir sehr viel Mühe, dass Zoras Bedürfnisse gut gedeckt sind. Wenn sie nicht die Charaktereigenschaften mitgebracht hätte, die sie dafür braucht, dass ihr ihre Aufgaben Spaß machen, hätten wir sie nicht gezwungen. Zora ist ein Hund, der einen starken *will to please* hat, sie möchte ihrem Menschen gefallen. Und sie möchte beschäftigt werden. Wenn ich längere Zeit nicht mit ihr gearbeitet habe, wird sie unzufrieden und unausgelastet. Sie braucht neben rein körperlichem Auslauf auch etwas für den Kopf. Andere Hundebesitzer machen Agility oder Obedience, Zora passt eben auf mich auf.

Ich schaue trotzdem, dass sie mindestens mehr als die Hälfte des Tages nicht arbeiten muss. Manchmal geht das leider nicht, aber wenn ich das früh genug weiß, lasse ich sie schon am Vortag in Ruhe. Auch die darauffolgenden Tage muss sie nur wenig machen. Und wenn ich merke, dass Zora mal keinen guten Tag hat, plane ich hauptsächlich ohne die Weste und verwende sie wenn doch nur für kleine, kurze Sachen. Sind wir zu Hause, lasse ich Zora meistens in Ruhe. Ich mache mein Ding und sie macht ihres. Ich achte darauf, dass sie genügend Zeit hat, einfach nur sie selbst zu sein.

RECHT UND CHAOS

In Deutschland gibt es erst seit Juli 2021 gesetzliche Regelungen für Assistenzhunde.* Vorher gab es weder zentrale Vorgaben für Ausbildung und Prüfung noch eine offiziell anerkannte Definition, ab wann ein Hund ein Assistenzhund ist oder wer Anrecht auf einen hat. Der einzige bis dahin offiziell anerkannte Assistenzhund war der Blindenführhund. Jetzt jedoch haben Assistenzhunde ein gesetzlich festgeschriebenes Zutrittsrecht zu allen öffentlichen Gebäuden und anderen Bereichen des öffentlichen Lebens sowie zu Anlagen und Einrichtungen privater Betreiber oder Eigentümer. Das heißt, sie haben überall dort Zugang, wo „andere Menschen" auch hindürfen (wie Kinderspielplätze, Schulen, öffentliche Gebäude, Lebensmittelläden, Arztpraxen, Krankenhäuser oder Flugzeugkabinen). Die Betreiber dieser Einrichtungen trifft eine Duldungspflicht. Eine Ausnahme gibt es nur, wenn die Mitnahme des Hundes eine „unverhältnismäßige oder unbillige Belastung" darstellt. Vorher gab es nur eine ausgesprochene Empfehlung der Bundesregierung, über die sich insbesondere private Unternehmen (wie Geschäftsinhaber oder Ärzte) unter Berufung auf ihr Hausrecht hinwegsetzen konnten.

* Im Juli 2021 wurde das **Behindertengleichstellungsgesetz (BGG)** geändert.

In den §§ 12e bis 12l werden jetzt erstmalig die Zutrittsrechte von Assistenzhunden geregelt und bundesweit einheitliche Qualitätsstandards für Assistenzhunde eingeführt. Wie genau diese gesichert werden, ist Länderfrage.

Seit Dezember 2022 gibt es außerdem die **Assistenzhundeverordnung.** Darin ist die Umsetzung dieser gesetzlichen Regelungen festgelegt.

Ein umfassendes, einheitliches Assistenzhundegesetz gibt es derzeit, im Frühjahr 2023, noch nicht.

Außerdem gibt es jetzt Regeln dafür, was ein Assistenzhund können muss, wer ihn ausbilden darf und was sein Mensch können muss. Nicht jeder Hundetrainer darf per se einen Assistenzhund ausbilden, das geht nur noch mit offiziellem Zertifikat. Und auch eine Privatperson darf ihrem Hund nicht mehr einfach eine rote Weste anziehen und ihn „Assistenzhund" nennen. Für mich und Zora galt das alles damals auch noch nicht, aber Zora wurde glücklicherweise schon im Hinblick auf die zu erwartenden gesetzlichen Regelungen ausgebildet und erfüllt die erforderlichen Standards.

Was immer noch nicht existiert, ist ein einheitliches und umfassendes bundesweites Assistenzhundegesetz, das Dinge wie die Kostenfrage klärt. Aktuell ist allein der Blindenführhund im Hilfsmittelkatalog der Krankenkassen erfasst, der damit auch – mit wenigen Ausnahmen – der einzige Assistenzhund ist, für den es Unterstützung durch die Sozialversicherungsträger gibt. Dennoch kann man sich um anderweitige Finanzierungshilfen bemühen. Denn allein die Tatsache, dass es jetzt geregelte Zutrittsrechte und Ausbildungsstandards gibt, macht es leichter, an eine Finanzierung zu kommen. Ein Beispiel ist die Eingliederungshilfe, die auch schon vor den neuen Regelungen Hunde und andere Tiere wie Kaninchen als „Sozialtier" finanziert hat. Entschieden wird hier nach Ermessen im Einzelfall. Wir hatten großes Glück, Zora gilt als ein solches Sozialtier. Andere Assistenzhundehalter werden durch Sponsoren unterstützt, manche sind jedoch komplett auf eigene Rücklagen angewiesen.

Das alles klingt erst mal furchtbar kompliziert und die Gesetzeslage ist auch wirklich sehr unübersichtlich. Hinzu kommt noch, dass je nach Bundesland einige Dinge (wie zum Beispiel Details der Finanzierung) unterschiedlich gehandhabt werden, was alles noch verwirrender macht. Aber keine Angst. Denn wer mit dem Gedanken spielt, einen Assistenzhund anzuschaffen, kann sich Hilfe bei einer örtlichen Ausbildungsstätte oder einem Trainer holen und dort beraten lassen – die kennen sich aus!

MIT ZORA UNTERWEGS

Der Assistenzhund begleitet seinen Menschen im Alltag, hilft und unterstützt ihn und ist überall dabei. Klingt ganz unkompliziert. Doch so einfach, wie es sein könnte, ist es nicht. Durch einen Assistenzhund entstehen auch Probleme, die man ohne nicht hätte. Das fängt bei der banalen Alltagsgestaltung an.

Als Zora noch kleiner war, gab es in Deutschland noch keine gesetzlichen Regelungen zu Assistenzhunden. Zwar existierte schon damals die offizielle Empfehlung der Bundesregierung, Assistenzhunden Zutritt zu Einrichtungen zu gewähren, doch fielen wir noch unter die Barrierefreiheit - und das Hausrecht steht in Deutschland über der Barrierefreiheit. Das hieß, dass ich trotz Empfehlung viele Einrichtungen nicht mit Zora betreten konnte, denn viele Geschäftsführer privater Unternehmen weigerten sich aus Prinzip, Hunde hineinzulassen, egal welche. Dass normale Hunde nicht in Geschäfte dürfen, ist ja auch nachvollziehbar. Bei ihnen hat man keine Absicherung, dass sie sich nicht doch danebenbenehmen und zum Beispiel irgendwohin pinkeln. Ein Assistenzhund ist jedoch so erzogen, dass er das nicht tut. Assistenzhunde lernen, nicht in einem Geschäft zu markieren (Zora löst sich auf Kommando jedes Mal, bevor wir einen Laden betreten). Sie lernen auch, andere Hunde und Menschen zu ignorieren, nicht herumzuschnüffeln und sich nicht so schnell aus der Ruhe bringen zu lassen.

Ein Assistenzhund ist für seinen Menschen mehr als nur ein Hund: Er ist ein notwendiges Hilfsmittel. Dem Hund irgendwo den Zutritt zu verweigern wäre also diskriminierend, weil man jemandem damit die Teilhabe am gesellschaftlichen Leben verwehrt. Solange der Hund keine Bereiche betritt, in denen offen Lebensmittel gelagert werden, sprechen grundsätzlich keine medizinisch-hygienischen Bedenken dagegen, ihn in Geschäfte, Restaurants oder auch Arztpraxen mitzunehmen.

Nur leider wissen viele Leute das nicht. Es gibt auch eben noch nicht so viele Assistenzhunde in Deutschland, als dass das eine Selbstverständlichkeit wäre. Die meisten Menschen kennen höchstens den Blindenführhund und können sich wenig unter einem Autismusbegleithund oder einem anderen Assistenzhund vorstellen. Nach den neuen gesetzlichen Regelungen sollte es zwar eigentlich keine Probleme mehr geben, doch natürlich hat sich nicht alles auf einen Schlag geändert: Die Geschäftsinhaber, Ärzte und so weiter wurden ja nicht automatisch über die neuen Regelungen informiert. Dementsprechend viele Reibereien gibt es weiterhin, wenngleich sich allmählich ein Bewusstsein bildet.

Wenn ich mit Zora ein unbekanntes Geschäft betreten möchte, werde ich immer noch regelmäßig von den Mitarbeitern gestoppt. Oft werde ich sogar richtig angemotzt und Zoras Weste wird nicht einmal angeguckt. Um Konfrontationen dieser Art zu vermeiden, schreibe ich im Vorfeld eine E-Mail an die Geschäfte, die ich betreten will, und schicke eine Broschüre über Autismusbegleithunde mit. Damit habe ich angefangen, als Zora noch in der Ausbildung war und wir den Ausweis noch nicht hatten. Ich mache es jetzt immer noch, auch wenn ich es eigentlich nicht mehr müsste. Die Antwort mit der schriftlichen Zusage der Geschäftsleitung habe ich dann ausgedruckt dabei. Das ist für mich stressfreier, als einfach hinzugehen und zu gucken, was passiert. Dann sind die Mitarbeiter schon informiert, wenn wir kommen, oder können zumindest nichts mehr dagegen sagen. Aber es gibt trotzdem noch Leute, die sich weigern, Zora hineinzulassen, auch wenn das inzwischen rechtswidrig ist.

Aktuell gestattet die Bahn die kostenlose Mitnahme nur Blindenführhunden oder Begleithunden (das sind Hunde von Menschen mit einem Schwerbehindertenausweis mit dem Merkzeichen B, was für „Notwendigkeit ständiger Begleitung“ steht). Andere Assistenzhunde gelten – zumindest offiziell – noch als reguläre Hunde.

BUS UND BAHN

Leider ist die Mitnahme von allen Hunden, die nicht in eine Transportbox passen oder größer als eine Hauskatze sind, in der Bahn kompliziert und teuer. Diese Hunde dürfen nicht kostenlos reisen. Das Ticket bekommt man nicht online, sondern nur am Schalter oder kann es sich gegen eine Gebühr zuschicken lassen. Das bedeutet, dass man für den Hund manchmal mehr bezahlt als für sich selbst, weil man keinen Sparpreis in Anspruch nehmen kann. Außerdem müssen Hunde angeleint werden und Maulkorb tragen.

Für Assistenzhunde ist diese Regelung nicht optimal. Selbst wenn man von den Kosten absieht: Ein Assistenzhund mit Maulkorb kann seinen Job nicht verrichten. Zora muss zum Beispiel meine Notfalltasche von meiner anderen Tasche abziehen können und das geht schlecht mit einem Maulkorb. Und ein angeleinter Assistenzhund kann im Notfall keine Hilfe holen.

Ich bin deswegen von Beginn an immer mit einem Schreiben meiner Assistenzhundetrainerin gereist, ähnlich wie denen für den Supermarkt, in dem stand, dass Zora ein ausgebildeter Assistenzhund ist, der seinen Job mit Maulkorb nicht ordentlich ausführen kann. Meistens durfte ich Zora dann auch umsonst und ohne Maulkorb mitnehmen. In der Anfangszeit kam es noch ab und an zu nervenaufreibenden Diskussionen mit Kontrolleuren, aber inzwischen ist eine kostenlose Mitnahme ohne Maulkorb und Leine in der Praxis meist kein Problem mehr. Es bleibt jedoch abzuwarten, wann die Bahn ihre Beförderungsbedingungen auch offiziell an die neue Gesetzeslage anpasst.

Bus- und auch Taxifahren war im Vergleich dazu immer sehr einfach. Obwohl man auch heute beim Taxifahren am besten vorher Bescheid sagt.

So bereichernd ein Assistenzhund sein kann, man sollte sich darüber im Klaren sein, dass damit auch Hürden auf einen zukommen. Eine der größten Herausforderungen ist eine, auf die ich nicht vorbereitet war: In Begleitung eines Assistenzhundes wird eine nicht sichtbare Behinderung wie meine auf einmal zu einer sichtbaren. Das führt mitunter zu unangenehmen Kommentaren, aber teilweise sind die Leute auch viel rücksichtsvoller. Auf jeden Fall macht der Hund es einem unmöglich, sich zu verstecken.

Ich werde sehr häufig auf der Straße auf Zora angesprochen. Meistens stört mich das nicht. Die meisten Leute sind sehr nett und interessiert, dann erkläre ich gern, was ich habe und was Zora alles für mich tut.

Aber manche sind nicht so nett. Dann wird mir auch mal vorgeworfen, dass ich Zora nicht artgerecht halten würde und Assistenzhundehaltung Tierquälerei sei. Ich bekomme auch rassistische Sprüche zu hören. Anscheinend können manche Menschen sich nicht vorstellen, dass auch jemand, der nicht weiß ist, einen Assistenzhund besitzt. Im besten Fall fragen sie dann, wessen Hund das ist und warum ich auf den aufpasse, im schlimmsten Fall wird mir unterstellt, ich hätte Zora geklaut.

Den allermeisten scheint die Assistenzhundeweste allerdings gar nicht aufzufallen. An sich wäre das ja nicht tragisch, aber wenn Zora die Weste trägt, soll sie nicht angefasst und gestört werden. An ihrer Leine ist deswegen eine Banderole befestigt, auf der zu lesen ist: „BITTE ABSTAND HALTEN". Trotzdem versuchen manche, Zora zu streicheln oder zu sich zu locken. Zum Glück lässt sie sich nicht mal mit Leckerlis bestechen und geht einfach vorbei. Ohnehin lässt sie sich nicht gern von Fremden anfassen, aber wenn sie im Dienst ist, ignoriert sie andere Menschen außer mir. Viele Leute reagieren darauf ungehalten - irgendwie scheinen sie zu denken, dass sie ein Anrecht darauf hätten, einen Hund zu streicheln, der nicht ihrer ist.

Manche Hundebesitzer lassen ihre Hunde ungefragt auf Zora zurennen, obwohl sie angeleint und gekennzeichnet im Dienst ist. Dann höre ich: „Ach, der will doch nur mal Hallo sagen!" Wenn ich entgegne, dass mein Hund gerade arbeitet, verstehen viele das nicht. Dann wird mir unterstellt, dass ich meinem Hund nicht erlaube, auch mal zu spielen. Was für ein Blödsinn - Zora spielt fast jeden Tag mit anderen Hunden draußen. Beim Freilauf soll sie machen, was sie will. Aber wenn sie an der Leine ist, möchte ich nicht, dass sie Kontakt zu anderen Hunden hat. Solche Konfrontationen sind auf Dauer ziemlich anstrengend.

Und manchmal begegne ich sogar Leuten, die die Weste sehen, aber trotzdem nicht glauben, dass ich etwas habe. Ein paarmal habe ich wirklich Angst bekommen, weil jemand sich so aufgeregt hat und mir vorwarf, ich würde „lügen" und wolle mich nur über „Regeln hinwegsetzen". Ein Kunde in einem Supermarkt war einmal der Ansicht, ein Hund sei unhygienisch und gehöre nicht in ein Lebensmittelgeschäft. Er wurde so laut und aggressiv, dass sich irgendwann andere Kunden einmischten, er solle mich in Ruhe lassen. Ich habe versucht, ihn zu ignorieren, aber er hat einfach nicht aufgehört. Am Ende bin ich völlig kopflos aus dem Laden gestürzt und habe dabei den Einkauf und Zora stehen gelassen. Sie kam zum Glück direkt hinter mir herausgelaufen - wie sie es in solchen Situationen ja auch machen soll. So etwas passiert zum Glück nur sehr selten. Etwas geholfen hat, dass auch einige Mitarbeiter des Ladens hinter mir herkamen, um sicherzugehen, dass alles in Ordnung war, und ein anderer Kunde mir sogar meinen Einkauf nach draußen brachte. Selbst die Filialleitung hat sich bei mir entschuldigt und noch mal bestätigt, dass Zora natürlich Zugang hat. Trotzdem bleibt so etwas hängen. In solchen Situationen denke ich manchmal: Hätte ich doch bloß keinen Assistenzhund.

Aber das denke ich nur kurz. Im Großen und Ganzen sind die Schwierigkeiten mit Zora gar kein Vergleich zu denen ohne sie.
Zora ist das Beste, was mir je passiert ist – und ich könnte mir ein Leben ohne sie nicht mehr vorstellen.

DER ASSISTENZHUND IN DER ÖFFENTLICHKEIT

- Ein Assistenzhund ist ein **notwendiges Hilfsmittel.**
- Prinzipiell haben gekennzeichnete Assistenzhunde deshalb **Zugang zu allen öffentlichen Gebäuden und anderen Bereichen des öffentlichen Lebens,** selbst wenn normale Hunde nicht gestattet sind.
- Assistenzhunde haben auch **Zugang zu Anlagen und Einrichtungen privater Betreiber oder Eigentümer** (Kinderspielplätze, Schulen, öffentliche Gebäude, Lebensmittelläden, Arztpraxen, Krankenhäuser, Flugzeugkabinen ...).
- Eine **Ausnahme** gibt es nur, wenn die Mitnahme des Hundes eine **„unverhältnismäßige oder unbillige Belastung"** darstellt.

FAUST-REGELN

- Der Assistenzhund muss im Dienst immer **deutlich sichtbar gekennzeichnet** sein.
- Den **Assistenzhundeausweis** sollte man immer dabeihaben.
- Andere sollten möglichst **nicht durch den Hund gestört** werden (Hund niemals im Weg ablegen, an Passanten/Regalen etc. schnüffeln lassen).
- Der Hund muss **gepflegt** und **gesund** sein.

WAS IST EINE UNVERHÄLTNISMÄSSIGE ODER UNBILLIGE BELASTUNG?

Eine unverhältnismäßige oder unbillige Belastung liegt vor, wenn etwa Teilhabe gegen Teilhabe steht, also wenn hygienische Bedenken, Gesundheitsrisiken oder religiöse Einwände vorliegen. Die Beweislast liegt beim Betreiber. Das heißt aber nicht, dass einfach jeder eine Hundehaarallergie vorschieben oder behaupten kann, er habe hygienische Bedenken. Überall, wo Menschen in Straßenkleidung hindürfen, also Arztpraxen, Therapieräume, offene Pflege- und Krankenstationen, Ambulanzen und Cafeterien, ist eine Übertragung von Krankheitserregern vom Hund auf den Menschen zwar theoretisch möglich, bei haushaltsüblicher Hygiene aber sehr unwahrscheinlich. Assistenzhunde haben dort grundsätzlich Zutritt, vorausgesetzt, der Hund ist gesund und gepflegt. Das wurde von der beim Robert Koch-Institut eingerichteten Kommission für Krankenhaushygiene und Infektionsprävention (KRINKO) sowie der Deutschen Gesellschaft für Krankenhaushygiene klargestellt.

Risikobereiche wie Intensivstationen und Isolierstationen oder Bereiche mit offenen Lebensmitteln sind davon ausgenommen. Man darf seinen Assistenzhund also nicht einfach in Küchen oder hinter die Wursttheke mitnehmen.

3. STACHEL-BLÜTEN

Wie Zora alle Facetten meines Lebens umgekrempelt hat

Mit Zora kam endlich wieder Struktur in meinen Alltag. Nach der Schule hatte es so viele Umbrüche und Veränderungen gegeben, dass ich keine wirkliche Konstante mehr hatte. Diese Unsicherheit plus die Perspektivlosigkeit während der Arbeitsmaßnahmen sorgten dafür, dass ich mich auch in meiner Freizeit zu nichts motivieren konnte. Diese Zeit bezeichne ich als Praktikum auf der Couch: Weil es keinen Praktikumsplatz für mich gab, ging ich einmal die Woche zur Berufsschule und hing ansonsten zu Hause rum und machte nichts. Als Zora kam, ging das nicht mehr. Ein Hund muss jeden Tag nach draußen, regelmäßig gefüttert und auch konsequent erzogen werden. Die Termine des Hundetrainings füllten jetzt meine Tage aus und ich kam endlich wieder regelmäßig vor die Tür. Wenn man erst einmal in Bewegung ist, fällt einem das Aufraffen auch für anderes nicht mehr so schwer. Und selbst wenn in meinem Inneren Chaos herrscht, habe ich über den Alltag mit Zora eine vertraute, immer gleichbleibende Struktur im Außen, die mir Halt gibt und an der ich mich entlanghangeln kann.

Es ist eigentlich ganz lustig. Wenn man sich einen Hund anschafft, sagen die Leute zu einem: „Oh, da musst du aber wirklich konsequent sein!“ Konsequenz war jedoch noch nie mein Problem. Die viel größere Herausforderung ist für mich, auch mal flexibel zu sein. Und ein Hund erfordert viel Flexibilität. Er funktioniert nicht so, wie man sich das vorgestellt hat. Er findet die Tricks blöd, die man ihm beibringen will, und man muss ihn erst dazu überreden. Er hat irgendetwas gefressen, was er nicht sollte, oder spontan entschieden, lieber der Nachbarskatze hinterherzujagen, als brav bei Fuß zu gehen. Oder man hatte einen ausgedehnten Spaziergang geplant, aber dann regnet es in Strömen und man muss sich für zu Hause etwas ausdenken, damit der Hund sich nicht langweilt. Das ist für einen Autisten erst mal eine gruselige Vorstellung. Vor Zora war ich so flexibel wie ein Stock. Wenn etwas nicht nach Plan lief, bedeutete das immer gleich eine Katastrophe. Ich musste also entspannter werden. Heute plane ich deswegen immer möglichst viele Eventualitäten mit ein und habe zusätzlich zum ursprünglichen Plan noch drei, vier alternative Ideen im Kopf. Das klappt meist gut. Allzu große Überraschungen werfen mich immer noch aus der Bahn, aber mit kleineren kann ich inzwischen viel besser umgehen.

Ganz allein für ein anderes Lebewesen verantwortlich zu sein ist eine große Herausforderung. Vor Zora hatte ich zwar Pflegeponys und meine Meerschweinchen, um die ich mich kümmern musste, aber die Ponys gehörten nie mir und Meerschweinchen wollen am liebsten in Ruhe gelassen werden. Die brauchen keine Rundumversorgung. Ein Hund bindet sich auf eine ganz andere Art an seinen Menschen. Wir gehören zum gleichen Rudel. Ich musste mich auf einmal nach den Bedürfnissen eines anderen richten, anstatt dass sich alles um meine drehte. Ich musste ein ganz schön großes Stück Selbstlosigkeit lernen, damit ich Zora gerecht werden kann.

Es gab Zeiten, da habe ich meine Hände fast fünfzigmal am Tag zwanghaft gewaschen. Die Haut an meinen Händen war davon offen und rot und ich konnte die Finger kaum noch bewegen. Ich hatte einen solchen Hygienefimmel, dass nichts irgendwo herumliegen durfte und alles Essbare abgedeckt oder luftdicht verschlossen sein musste.

Seit ich Zora habe, ist das fast verschwunden. Viele dieser Zwänge waren ja nur Begleiterscheinungen von psychischem Druck, den Zora mir genommen hat. Sobald der Druck weg war, verschwanden die Zwänge. Überwindung war in manchen Punkten natürlich schon dabei. Aber ganz ehrlich – wenn man einen Hygienefimmel hat, kann man keinen Hund halten, selbst einen wie Zora nicht, der nicht haart und nicht nach Hund riecht. Das musste ich mir also abgewöhnen, wenn ich Zora haben wollte. Allein schon aus dem Sand, den sie hereinschleppt, könnte ich ganze Burgen bauen und ich kann gar nicht zählen, wie oft sie mich schon angesabbert hat. Anfangs hatte ich gesagt, der Hund geht nicht ins Bett. Ups! Der Hund ist immer im Bett (sie hat allerdings eine Decke, auf die sie sich legen muss). Nur wenn ich sehr angestrengt bin, kann es vorkommen, dass der Tick wiederauftaucht. Aber ich schaffe es jetzt eher, mich aus der Situation zu ziehen.

Ohne Zora hätte ich mich nie getraut, schon mit einundzwanzig Jahren von zu Hause auszuziehen. Aber so wohnen wir inzwischen in einer eigenen Wohnung und das jetzt schon mehrere Jahre. Ganz allein auf mich gestellt bin ich trotzdem nicht. Ich habe viele Menschen, die zusätzlich zu Zora für mich zwischenmenschlicher Ruhepunkt und Sicherheitsanker sind. Ich habe eine Haushaltshilfe, die einmal in der Woche vorbeikommt, und eine persönliche Assistentin, mit der ich mich zweimal die Woche treffe, Ausflüge unternehme oder auch mal Papierkram mache. Einmal in der Woche habe ich außerdem ein Gespräch mit meiner Coachin, der ich erzähle, was war, was mich gerade bewegt und mit der ich meine anstehenden Vorhaben, Ziele und Termine besprechen, einordnen und planen kann. Meine Mutter ist natürlich auch noch da. Ich besuche sie viel, meistens am Wochenende. Aber ich genieße auch die Freiheit des Alleinewohnens. Ich muss auf niemanden Rücksicht nehmen, niemand muss auf mich Rücksicht nehmen und ich kann alles so einrichten und organisieren, wie es mir passt.

Zora hat es irgendwie geschafft, mir wieder mehr Vertrauen in die eigene Kompetenz zu geben. Seit ich sie habe, mache ich ganz viele Sachen, die ich mich vorher nicht getraut oder die ich vielleicht auch gar nicht geschafft hätte. Ich sage nicht mehr kategorisch Nein und probiere mehr aus. Ich bin wieder viel unterwegs, manchmal von morgens bis abends. Ich habe keine Hemmungen mehr, mich mit unbekannten Personen zu unterhalten, und fange häufig das Gespräch sogar an. Ich sage Termine nicht mehr so oft ab. Ich traue mich allein in die Stadt und auch wieder mit der Bahn zu fahren.

Durch Zora habe ich gelernt, besser auf mich und meine Bedürfnisse Rücksicht zu nehmen. Das mache ich zum einen für Zora, die ist schließlich darauf angewiesen, dass ich sie versorgen kann. Aber natürlich auch für mich selber. Ich merke inzwischen, wie ich es beispielsweise brauche und wie gut es mir tut, mich zu bewegen und jeden Tag rauszugehen. Das hat mir meine Mutter zwar schon früher erzählt, aber geglaubt habe ich ihr nicht. Selbst bei Ekelwetter bin ich draußen glücklich – und oft habe ich sogar mehr Lust als Zora rauszugehen.

Zora hat mich gelassener und auch freundlicher gemacht. Das ist zumindest mein Gefühl. Ich bin nicht mehr so grantig und anderen gegenüber viel offener. Ich habe so viele soziale Kontakte wie noch nie. In meiner Nachbarschaft habe ich eine Gruppe von Hundehaltern gegründet, die sich abends zu einer gemeinsamen Hunderunde trifft. Mithilfe von Zora bin ich sogar in der Lage, längere Freundschaften zu führen. Ich habe eine Freundin, die ich, kurz nachdem ich Zora bekommen habe, auf einem Workshop kennengelernt habe. Wir treffen uns seitdem regelmäßig und schreiben auch viel miteinander. Sie ist der längste Kontakt außerhalb meiner Familie, den ich je hatte. Es macht mich wirklich glücklich, dass ich das jetzt schaffe.

Lange Zeit war es meine Überlebensstrategie, so zu tun, als wäre ich wie alle anderen. Aber das hat mich kaputtgemacht. Wenn man jahrelang vorgibt, jemand zu sein, der man nicht ist, verliert man sich irgendwann. Früher habe ich mich oft geschämt, aber inzwischen nicht mehr. Ich bin einfach, wer ich bin. Ich weiß jetzt, dass ich gar nicht anders hätte werden können – und Zora hätte ich sonst auch nicht. Es geht mir ziemlich gut damit. Ich bin glücklicher, ich lache viel mehr, ich bin nicht mehr so gestresst – und wenn ich mal einen Anfall mitten auf der Straße bekomme, dann ist das eben so. Es rauszulassen, wenn es raus muss, ist besser, als die ganze Woche über alles runterzuschlucken und dann am Wochenende komplett überlastet und zu nichts mehr zu gebrauchen zu sein. Ganz aus der Welt sind solche Episoden nicht, aber sie tauchen bei Weitem nicht mehr so häufig auf wie früher. Seitdem ich Zora habe, ist es den Leuten außerdem nicht mehr so leicht möglich, so zu tun, als hätte ich nichts. Und falls doch, traue ich mich jetzt viel eher, für mich einzustehen.

Durch Zora habe ich wieder Lebensfreude und Lebensenergie. Ich habe schon mehr als einmal gedacht, dass ich ohne Zora vielleicht nicht mehr hier wäre, so schlimm waren meine Depressionen. Inzwischen komme ich gar nicht erst in eine so tiefe Abwärtsspirale wie damals, weil Zora immer sofort für mich da ist. Ich habe natürlich immer noch meine Tiefs, aber die meisten der unschönen Gedanken sind durch sie weggegangen.

Zora hat mir die Freude
am Leben zurückgegeben.

Ich habe mich lange
wie in mir selbst
eingesperrt gefühlt.
Zora hat es geschafft,
mir ein Stück Freiheit
wiederzugeben – die
Freiheit, ich selbst
zu sein.

AUSBLICK

Ich denke viel darüber nach, was ich mit meinem Leben in Zukunft anfangen möchte. Am schönsten finde ich die Vorstellung, das weiterzugeben, was mir selbst geholfen hat. Ich kann mir gut vorstellen, mit Zora zusammen als Hundetrainerin zu arbeiten. Am liebsten für Menschen, die genauso wie ich nicht ganz dazu passen, die irgendwie aus der Reihe tanzen. Denn ich weiß nicht nur genau, wie sich das anfühlt, ich habe jetzt auch das Wissen, wie man damit umgeht. Aber wofür auch immer ich mich entscheide – Zora wird auf jeden Fall ein Teil davon sein.

NACHWORT

EINFACH MACHEN!

Kiyas illustrierter Lebenslauf, von dem ich dachte, er sei mir durch und durch vertraut, liegt vor mir. Ich lese und schaue … und werde von vielen unbekannten Details, neuen Sichtweisen und auch altem Schmerz überrascht. Kiya hat sich hier präsentiert, wie sie sich sieht und fühlt. Durch dieses Projekt entsteht die Möglichkeit, dass auch andere sie sehen. Das habe ich mir für meine Tochter immer gewünscht.

Kiya war ein überaus fröhliches Kind, leicht zu begeistern und, wenn sie etwas wirklich wollte und toll fand, auch nicht davon abzubringen. Sie war ein wissensdurstiges und lernwilliges „Lückenkind", das nicht in die Schule passte, weil dort neurodiverse Menschen eher als Störfaktor denn als Bereicherung betrachtet werden. Sie passte auch nicht wirklich zu den jungen Menschen in der Produktionsschule oder in den Sonderausbildungsstätten für schwerbehinderte Schulabgänger. In ihrer Freizeit spielte sie vom Grundschulalter an in einem Geigenorchester, in dem nur (zukünftige) Gymnasiasten waren, die neben der Schule noch Kraft für Einzelunterricht, Auftritte und andere Hobbys hatten – während Kiyas Alltag erst mit kraft- und zeitraubenden Therapiestunden gefüllt war und später durch ihr Arbeitsleben in der Produktionsschule bestimmt wurde. Beim geliebten Reiten forderte sie sich körperlich und sozial alles ab, nahm dafür Stürze oder Overloads in Kauf. Sie war eine Springerin zwischen den Welten, wollte nie in der „schützenden" Parallelwelt für Menschen mit Behinderungen leben und stieß doch in der Welt der neurotypischen Menschen immer wieder an (ihre) Grenzen. Unglaublich, wie lange sie diesen Spagat zwischen Fähigkeiten und Einschränkungen durchgehalten hat. Und welch eine Zumutung.

Die Entscheidung für Zora und damit die Abkehr vom Mainstream war für Kiya das Beste, was wir je gewagt haben. Wir realisierten, dass der bisherige Weg sie nicht weiterbringen, sondern das Gegenteil bewirken würde. Damit eroberten wir für uns beide ein großes Maß an Selbstbestimmung zurück. Und es lohnt sich, für sich auszumachen, was wirklich wichtig ist und welchen Preis man zu zahlen bereit ist, wenn man darauf verzichtet. Kiya hatte den Mut und die Kraft, diese ungewöhnlichen Entscheidungen zu treffen und einen neuen Weg zu gehen, obwohl der Anpassungsdruck groß war. Selbstverständlich habe ich sie darin unterstützt.

Wir Eltern von autistischen/behinderten Kindern erleben unsere Kinder nicht vorrangig defizitär, sondern wissen um die Stärken und die genialen, charmanten, talentierten - also positiv bewerteten - Seiten. Sehr viele Eltern haben fundiertes Wissen darüber, was und wie etwas gehen kann, weil wir unsere Kinder gut kennen und wir uns dazu bilden. Wir sind die mobile Barrieren-Reduzierungs-Spezialeinheit, sind Experten darin, unseren Kindern Teilhabe zu ermöglichen. Leider werden wir selten gefragt, noch seltener ernst genommen.

Von Inklusion wird viel geredet, aber es wird wenig tatsächlich verändert. Es gibt neue schöne Wörter, die verbal der Behinderung das Stigma nehmen sollen. Mehr als Greenwashing im sozialen Bereich ist das jedoch nicht: politisch korrekte Schönrednerei ohne Spiegelung durch veränderte Realität. Noch immer wird zu oft für Menschen mit Behinderungen und gegen ihren Willen entschieden, müssen sie ihre Rechte in langwierigen Verfahren mühselig durchsetzen, existieren isolierte Sonderwelten. Dafür wurde Deutschland mehrfach vom UN-Behindertenrechtskonventions-Fachausschuss zu Recht gerügt. Dabei ist ein inklusives Miteinander leichter als allgemein angenommen. Familien mit einem behinderten Familienmitglied machen es vor. Wir sind Meister der Kreativität beim Hinsehen, Suchen, Improvisieren und Organisieren. Wir erfahren jeden Tag: Der Blick auf die Dinge, die nicht gehen, verstellt die Sicht auf das, was geht. Wir haben gelernt zu fragen: Was brauchst du, um dabei sein zu können? Wie können wir das gestalten, organisieren, anpassen? Und was brauchen wir, die mit dir zusammen sind? Das sind nicht zwingend Gegensätze!

Kiya hat ihre Geschichte in einer Zeit der globalen Einschränkungen erzählt. Für sie war das Social Distancing wohltuend, wenn es bedeutete, sich nicht rechtfertigen zu müssen, wenn sie ihre Ruhe brauchte. Zugleich war es stressig, da auch ihre gewohnten sozialen Berührungen, um die sie hart gerungen hat, nicht stattfinden konnten. Wie viele Autistinnen und Autisten hatte Kiya Probleme damit, ihre stabilisierenden Routinen nicht einhalten zu können. Wie gut, dass Zora an ihrer Seite war und ist. Das ist auch für mich sehr entlastend und beruhigend.

Die Pandemie hat alle Menschen gezwungen, alltägliche Abläufe neu zu durchdenken, mühsam anzupassen. Unkomplizierte gesellschaftliche und politische Teilhabe war nicht möglich. Mit einem Schlag wurden wir alle „behindert", was uns nicht besonders gut gefiel. Gleichzeitig wurde auf vielen gesellschaftlichen Ebenen aus vermeintlich in Beton gegossenen „Geht-nichts" ein „Machen-wir-einfach-so". Mehr davon, bitte.

Renate Götze

ZUM SCHMÖKERN

Denise Linke / Nicht normal, aber das richtig gut

Robin Schicha / Außerirdische Reportagen vom Schulalltag

Daniela Schreiter / Schattenspringer

Andreas Steinhöfel / Rico, Oskar und die Tieferschatten

Lorenz Wagner / Der Junge, der zu viel fühlte

ZUM ANSCHAUEN

Mehr von Charlotte gibt es auf

www.charlottegoetze.de

HINWEIS: DIESES BUCH ERSETZT NICHT DIE BERATUNG DURCH EINEN ZERTIFIZIERTEN ASSISTENZHUNDETRAINER!

ZUM DENKEN

Tony Attwood / Ein ganzes Leben mit dem Asperger-Syndrom
Ludger Tebartz van Elst / Autismus und ADHS. Zwischen Normvariante, Persönlichkeitsstörung und neuropsychiatrischer Krankheit
Stefanie Perl / Hunde als Chance für Menschen mit Autismus: Hundgestützte Therapie in der Schulbegleitung eines Jugendlichen mit Autismus
Christine Preißmann / Überraschend anders – Mädchen und Frauen mit Asperger
Gee Vero / Autismus – (m)eine andere Wahrnehmung
Brit Wilczek / Wer ist hier eigentlich autistisch?

SELBSTHILFE UND WEITERBILDUNG

Autismus Deutschland e.V. / www.autismus.de
autSocial e.V. / www.autsocial.de
Autismus Hamburg e.V. / www.autismushamburg.de
Zentrum für Autismuskompetenz / www.zak-hannover.de
Dogs with Jobs e.V. – Verein für Assistenzhunde und tiergestützte Arbeit / www.dogs-with-jobs.de
Pfotenpiloten – Allianz für Assistenzhunde / www.pfotenpiloten.org
Doggy Camp, Mobile Hundeschule Sina Radermacher / www.doggy-camp.de

KIYAS TRAINERIN

NÜTZLICHE ADRESSEN

www.autismus-buecher.de (umfangreiche Büchersammlung mit Rezensionen)
www.autismus-kultur.de (Lösungen, Tipps und Praxiswissen)
www.aleksander-knauerhase.de (Blog und Dienstleistungen: Coaching, Vorträge etc.)
www.unbemerkt.eu (Erfahrungen, Infos und Tipps einer jungen deutschen Autistin in Dänemark)
www.autismus-ganz-einfach.blogspot.com (Erfahrungen, Infos und Tipps einer jungen Autistin)
www.autistenbloggen.wordpress.com (Alltag, Aufklärung und Forschung)
www.raul.de (Inklusion und Barrierefreiheit)
www.leidenschaftlichwidersynnig.com (neurodiverses Leben und Engagement)

KIYAS MUTTER

1. Auflage 2023

Illustrationen, Text und Layout: Charlotte Götze
Co-Autorin: Kiya Götze
Umschlaggestaltung: Lena Jung, Jan Hendrik Ax
Druck und Bindung: UAB Balto print
ISBN 978-3-948453-17-6

www.buchfink-verlag.de